AF202499

Tucholsky Wagner Zola Scott Sydow Freud Schlegel
Turgenev Wallace Fonatne
Twain Walther von der Vogelweide Fouqué Friedrich II. von Preußen
Weber Freiligrath Frey
Kant Ernst
Fechner Fichte Weiße Rose von Fallersleben Richthofen Frommel
Hölderlin
Engels Fielding Eichendorff Tacitus Dumas
Fehrs Faber Flaubert
Eliasberg Ebner Eschenbach
Feuerbach Maximilian I. von Habsburg Fock Zweig
Ewald Eliot Vergil
Goethe Elisabeth von Österreich London
Mendelssohn Balzac Shakespeare Dostojewski Ganghofer
Lichtenberg Rathenau
Trackl Stevenson Doyle Gjellerup
Mommsen Tolstoi Hambruch Droste-Hülshoff
Thoma Lenz Hanrieder
von Arnim
Dach Verne Hägele Hauff Humboldt
Reuter Rousseau Hagen Hauptmann Gautier
Karrillon Garschin
Defoe Baudelaire
Damaschke Descartes Hebbel
Hegel Kussmaul Herder
Wolfram von Eschenbach Schopenhauer
Darwin Dickens Rilke George
Bronner Melville Grimm Jerome
Campe Horváth Aristoteles Bebel Proust
Bismarck Vigny Barlach Voltaire Federer Herodot
Gengenbach Heine
Storm Casanova Tersteegen Grillparzer Georgy
Chamberlain Lessing Langbein Gilm
Brentano Gryphius
Strachwitz Claudius Schiller Lafontaine Kralik Iffland Sokrates
Katharina II. von Rußland Bellamy Schilling
Gerstäcker Raabe Gibbon Tschechow
Löns Hesse Hoffmann Gogol Wilde Vulpius
Luther Heym Hofmannsthal Gleim
Klee Hölty Morgenstern
Roth Heyse Klopstock Kleist Goedicke
Luxemburg Puschkin Homer Mörike
La Roche Horaz Musil
Machiavelli
Navarra Aurel Musset Kierkegaard Kraft Kraus
Lamprecht Kind Kirchhoff Hugo Moltke
Nestroy Marie de France
Laotse Ipsen Liebknecht
Nietzsche Nansen
Marx Lassalle Gorki Ringelnatz
von Ossietzky Klett Leibniz
May vom Stein Lawrence Irving
Petalozzi Knigge
Platon Pückler Michelangelo Kafka
Sachs Poe Kock
Liebermann Korolenko
de Sade Praetorius Mistral Zetkin

Der Verlag tredition aus Hamburg veröffentlicht in der Reihe TREDITION CLASSICS Werke aus mehr als zwei Jahrtausenden. Diese waren zu einem Großteil vergriffen oder nur noch antiquarisch erhältlich.

Symbolfigur für TREDITION CLASSICS ist Johannes Gutenberg (1400 — 1468), der Erfinder des Buchdrucks mit Metalllettern und der Druckerpresse.

Mit der Buchreihe TREDITION CLASSICS verfolgt tredition das Ziel, tausende Klassiker der Weltliteratur verschiedener Sprachen wieder als gedruckte Bücher aufzulegen – und das weltweit!

Die Buchreihe dient zur Bewahrung der Literatur und Förderung der Kultur. Sie trägt so dazu bei, dass viele tausend Werke nicht in Vergessenheit geraten.

Der Bärenjäger

Bjørnstjerne Bjørnson

Impressum

Autor: Bjørnstjerne Bjørnson
Übersetzung: H. Denhardt
Umschlagkonzept: toepferschumann, Berlin

Verlag: tradition GmbH, Hamburg
ISBN: 978-3-8424-0361-1
Printed in Germany

Text der Originalausgabe

Björnstjerne Björnson

Der Bärenjäger
Kleine Erzählungen

Blacken

(1868)

Björgan war früher Pfarrhof der Gemeinde Kvikne in Dovrekjä-
den. Das Gehöft liegt hoch oben, vollkommen für sich allein; als
kleiner Knabe stand ich im Wohnzimmer auf dem Tisch und sah
sehnsüchtig zu den Kindern unten im Tal hinab, die im Winter auf
Schneeschuhen den Fluß entlangliefen oder im Sommer auf dem
Rasen spielten. Björgan lag so hoch, daß Getreide daselbst nicht
mehr wuchs, weshalb das Gehöft jetzt auch an einen Schweizer
verkauft und ein Pfarrhof im Tal angekauft worden, wo es doch
wenigstens etwas ebener ist. Schmerzlich früh trat der Winter auf
Björgan ein! Ein Acker, den Vater in einem warmen und frühen
Frühling versuchsweise bestellt hatte, lag eines Morgens unter
Schnee verhüllt da; anstatt eines Platzregens konnte ein Schnee-
sturm das gemähte Gras ereilen, und wenn der Winter nun erst
zunahm! Die Kälte wurde so groß, daß ich die Klinke der Haustür
nicht anzufassen wagte, weil mir die Finger bei der Berührung des
Eisens schmerzten. Mein Vater, der an der Küste des Randsfjord
geboren und folglich abgehärtet war, mußte nach den entlegeneren
Teilen seines Kirchspiels doch oft mit einer Maske vor dem Gesicht
fahren. Es knarrte und knirschte auf den Wegen, sobald jemand
gegangen kam, und kamen mehrere, so entstand ein ohrzerreißen-
der Lärm. Der Schnee reichte oft bis zum zweiten Stockwerk des
schwerfälligen Hauses, kleinere Nebengebäude schneiten ganz ein,
Hügel, Gebüsche und Hecken verschwanden unter der Schneede-
cke völlig, ein unermeßliches Schneemeer dehnte sich aus, in dem
bei jedem Sturm, welcher hier Höhlungen riß, dort Schneewehen
zusammentrieb, die Gipfel hoher Birken wellenförmig hin und her
schwankten. Ich stand auf dem Tisch und sah, wie Schneeschuhläu-
fer von uns aus nach dem Tal hinabeilten, sah, wie die Lappländer
aus den Bergwäldern mit ihren Renntierschlitten die steilen Felsen-
wände hinabsausten und dann wieder zu uns hinaufjagten. Ihre
Schlitten schwankten hin und her, und ich werde nie vergessen, wie
aus jedem, sobald der Zug endlich auf dem Hofe hielt, ein Pelzbün-
del herauskroch und sich als ein kleines, geschäftiges und lustiges
Menschenkind entpuppte, das Renntierfleisch verkaufte.

Die Bewohner des Kviknetales sollen sich in späteren Zeiten zu einem intelligenten und kräftigen Volksstamm entwickelt haben, allein zu jener Zeit war die Pfarrei Kvikne eine der berüchtigtsten im ganzen Lande. Nicht allzulange vorher hatte ein Pfarrer Pistolen mit in die Kirche nehmen müssen; ein anderer fand bei seiner Heimkunft aus der Kirche all sein Hausgerät von Männern mit geschwärzten Gesichtern, die in das Pfarrhaus eingedrungen waren und seine Frau, welche allein zu Hause gewesen, fast zu Tode erschreckt hatten, zertrümmert und zerschlagen. Der letzte Pfarrer war von dort fortgezogen und hatte sich entschieden geweigert, zurückzukehren. Lange Jahre war die Gemeinde ohne Pfarrer geblieben, bis Vater – vielleicht gerade deshalb – die Pfarrei erhielt, denn man traute ihm zu, daß er imstande wäre, ein Boot gegen Sturm und Strom festzuhalten.

Ich entsinne mich noch ganz deutlich, wie ich eines Sonnabendmorgens eben im Begriff stand, die Treppe zur Amtsstube, die nach dem Scheuern einen wahren Eisspiegel bildete, auf allen vieren hinaufzuklimmen, und noch nicht viele Stufen emporgekommen war, als mich plötzlich ein aus der Amtsstube heraustönendes Krachen und Gepolter voller Angst wieder hinabjagte. Denn dort oben hatte es der Vorkämpfer und Hüne des Kirchspiels übernommen, dem widerspenstigen Pfarrer die dortige Volkssitte beizubringen, fand aber zu seiner Überraschung, daß ihm der Pfarrer erst seine eigene Sitte beibringen wollte. Er gelangte so zur Türe hinaus, daß er die ganze Treppe hinabrollte, unten seine verschiedentlichen Glieder zusammensuchte und in vier Sprüngen die Haustür erreichte. Die Leute in Kvikne wußten nicht besser, als daß der Pfarrer ihnen die Gesetze gab, welche vom Reichstag ausgingen. Deshalb wollten sie ihm die Ausführung des Schulgesetzes verbieten; sie boten meinem Vater Trotz und versammelten sich zahlreich bei dem Zusammentritt des Schulvorstands, um seine Verhandlungen zu verhindern. Trotz der inständigen Bitten meiner Mutter begab er sich zu der Sitzung, und als ihm niemand bei der Einteilung der Schulbezirke und bei ähnlichen wichtigen Angelegenheiten beizustehen wagte, tat er es unter dem drohenden Murren der Menge selbst nach bestem Wissen; aber als er mit dem Protokoll unter dem Arm hinausging, wichen sie auseinander, und niemand tastete ihn an. Man denke sich den Jubel meiner Mutter, als sie ihn, ruhig wie immer, angefahren kommen sah.

In diesen Verhältnissen und Umgebungen wurde Blacken geboren! Seine Mutter war eine große, rote Stute aus dem Gudbrandsdal, aller Freude, die sie sahen; sein Vater war ein rechter Wildfang, ein echter schwarzer Fjordhengst, der an einer fremden Stelle, als man sorglos mit der Stute vorüberzog, wiehernd aus dem Walde hervorbrach, über Hecken und Gräben setzte und mit dem Recht der Liebe nahm, was sein war. Schon früh wurde von Blacken gesagt: er wird das stärkste Pferd werden, das je ein Mensch hier im Norden gesehen hat, und sowenig ich auch Geschichten von Kämpfen und Schlägereien liebte, so betrachtete ich das Fohlen doch wie einen reichbegabten Kameraden. Es war übrigens keineswegs gegen mich immer artig; ich trage noch eine von seinem Hufe herrührende Narbe über dem rechten Auge; aber trotzdem begleitete ich getreulich die Stute und das Fohlen, schlief mit ihnen auf der Erde und kugelte mich zwischen den Beinen der Stute hindurch, wenn sie weidete. Aber einmal war ich zu weit mitgegangen. Der Tag war warm gewesen, ich war in einer offenstehenden Waldscheuer, in der wir wohl alle drei Schutz gesucht hatten, eingeschlafen; die Stute und das Fohlen waren weitergegangen, aber ich war liegengeblieben. Es war schon spät geworden, als die Leute, welche mich vergebens gerufen und gesucht hatten, mit der Nachricht heimkehrten, daß ich nirgends zu finden wäre. Man denke sich den Schrecken meiner Eltern – alle mußten hinaus, mich zu suchen, Felder und Wälder wurden rufend durchschritten, Bäche und Abgründe untersucht, bis jemand endlich ein Kind im Innern der Scheune weinen hört und mich im Heu sitzend entdeckt. Ich war so voller Angst, daß ich lange nicht reden konnte, denn ein großes Tier war gekommen und hatte mich mit feurigen Augen angeblickt. Ob ich es nur geträumt oder wirklich erlebt hatte, vermag ich nicht mit Bestimmtheit zu sagen, aber gewiß ist, daß ich noch vor einigen Jahren erwachte, weil ich dieses Tier über mir stehen sah.

Blacken und ich, wir bekamen bald Kameraden: erst einen kleinen Hund, der mich Zucker stehlen lehrte, dann eine Katze, die eines Tages unerwartet in der Küche erschien. Ich hatte vorher nie eine Katze gesehen; totenblaß stürzte ich in das Zimmer hinein und schrie, daß eine große Ratte aus dem Keller gekommen wäre. Im nächsten Frühjahr wurden wir unserer noch mehr, denn da kam noch ein kleines Ferkel hinzu – und sooft Blacken seine Mutter auf die Arbeit begleitete, hielten doch wir stets zusammen: der Hund, die Katze, das Ferkel und ich. Wir vertrieben uns die Zeit ziemlich gut, namentlich damit, daß wir zusammen schliefen. Ich gab diesen Kameraden ja alles, was ich selbst gern hatte; so brachte ich dem Ferkel einen silbernen Löffel hinaus, damit es anständiger fressen sollte; es versuchte auch in der Tat, das heißt den silbernen Löffel zu fressen. Wenn ich meine Eltern zu den Leuten unten im Tal begleiten mußte, so kam auch der Hund, die Katze und das Ferkel mit. Die beiden ersten setzten sich neben uns in die Fähre, die uns über den Fluß setzen sollte. Das Ferkel grunzte etwas und schwamm darauf hinterher. Wir wurden dann jedes nach seiner Weise bewirtet, und des Abends zogen wir wieder in derselben Ordnung heimwärts.

Allein bald sollte ich diese Kameraden verlieren und nur Blacken behalten, denn mein Vater erhielt die Pfarrei Nässe im Romsdal. Es war ein merkwürdiger Tag, als wir fortzogen, wir Kinder und ein Kindermädchen in einem kleinen Hause, welches auf einen langen Schlitten gesetzt war, so daß uns weder Wind noch Schnee erreichen konnten, und mein Vater und meine Mutter in einem breiten Schlitten voran, und alle diese Menschen rings um uns her, die uns wieder und immer wieder Lebewohl sagen wollten. Ich kann nicht sagen, daß mir sonderlich traurig zumute war, denn ich zählte erst sechs Jahr und wußte, daß in Drontheim für mich ein Hut und Rock und Beinkleider gekauft waren, die ich bei unserer Ankunft in dem neuen Pfarrort anziehen sollte. Und dort, in unserer neuen Heimat sollte ich zum erstenmal die See sehen! Und dann war ja auch Blacken mit!

Hier auf dem Nässeter Pfarrhof, einem der schönsten Gehöfte im Lande, welches stattlich zwischen zwei zusammenstoßenden Fjorden mit grünen Felsen über sich daliegt, mit der Aussicht auf Wasserfälle und herrschaftliche Güter auf dem gegenüberliegenden Ufer, auf wogende Getreidefelder und reges Leben tief unten im Tal, und von dem aus man den ganzen Fjord entlang sich Landzunge an Landzunge, jede mit einem großen Hute gekrönt, weit in die See erstrecken sieht – hier auf dem Nässeter Pfarrhof, wo ich des Abends stehen und im Spiele der Sonnenstrahlen über Felsen und

Fjorde blicken konnte, bis ich weinte, als ob ich etwas Böses getan hätte – und wo ich auf meinen Schneeschuhen unten in einem oder dem andern Tal plötzlich stehenbleiben konnte, wie bezaubert von einer Schönheit, von einer Sehnsucht, die ich mir nicht klarzumachen vermochte, die aber so groß war, daß ich auf dem Gipfel der höchsten Freude die höchste Mutlosigkeit und Trauer fühlte – hier auf dem Nässeter Pfarrhof wuchsen meine Eindrücke, aber einen der lebhaftesten erhielt ich von Blacken, denn hier wuchs auch er, wurde ein Held und verrichtete Heldentaten.

Er hatte nicht viel über Mittelhöhe, war aber vergleichungsweise sehr lang und von einer wahrhaft lächerlichen Breite; der Farbe nach war er falb, mehr gelb als weiß, mit schwarzer, ungewöhnlich üppiger Mähne; er wurde ein schwerfälliges, gutmütiges Tier – zum täglichen Gebrauch stets bereit. Die Arbeit, an die er gewöhnt war, tat er ruhig und geduldig wie ein Ochse, aber gründlich und ordentlich. Außerdem daß er mehr als die halbe Pferdearbeit bei der Landwirtschaft, bei dem Anfahren des Holzes und so weiter auf diesem schwer zu bearbeitenden Gute verrichtete, schleppte er zu einem großen, neuen Hauptgebäude und zu dem vielen, was mein Vater sonst noch bauen ließ, mehr als die Hälfte des Materials, und zwar von einer sehr ferngelegenen, entsetzlichen Trift herbei. Wo zwei Pferde es nicht herausschaffen konnten, da wurde Blacken angespannt, und wenn das Geschirr nur hielt, dann kam es heraus. Er blickte sich gern nach den Knechten um, während sie ihm eine doppelte und dreifache Ladung aufluden; er sagte gerade nichts dazu, allein man mußte ihn doch erst drei- bis viermal bitten zu gehen, ehe er ging, und auch dann machte er erst einige Probezüge – aber darauf legte er sich mit aller Kraft in das Geschirr! Er ging ganz gemächlich, Schritt für Schritt; bisweilen kam ein neuer Knecht, der Blacken auf eine schnellere Gangart einüben wollte, aber es endete immer damit, daß sich der Knecht an die des Pferdes gewöhnen mußte. Die Peitsche wurde nie angewandt, denn man gewann den gewaltigen Arbeiter bald so lieb, daß alles in Güte zuging. Je berühmter er in der Gegend wurde, zu desto größerer Ehre gereichte es ja, ihn zu fahren.

Denn Blacken war bald ohne Vergleich des Kirchspiels größtes Wunder. Es begann wie überall, wo etwas Großes dahinter ist, mit gräßlichem Lärm und Haß, es begann nämlich damit, daß Blacken, welcher auf der Trift und im Gebirge unter den übrigen Pferden des Kirchspiels ging, sämtliche Stuten für sich allein behalten wollte. Er schlug die Nebenbuhler, die sich etwas einbildeten, dermaßen zuschanden, daß die Bauern sie unter groben Flüchen und Entschädigung verlangend nach dem Pfarrhof hinschleppten. Allmählich gaben sie sich zufrieden, da sie recht gut einsahen, daß sie dabei trotzdem nicht zu kurz kamen, denn Blackens Nachkommen gereichten ihm zum Ruhme! Gleichwohl schmerzte es sie doch lange, daß seine Überlegenheit so unerhört und so unbestreitbar war. Unser Nachbar, der Leutnant, konnte sich als Krieger gar nicht hineinfinden; er trieb zwei starke Tiere der gudbrandsdalschen Rasse, herrliche Pferde, auf – und diese sollten Blacken Respekt beibringen. Es wurde für und gegen gewettet; mit welcher Spannung sah man nicht dem Ausgang des ersten Zusammentreffens im Frühjahre auf den Weideplätzen im Gebirge entgegen! Ich vergesse deshalb nie den schönsten Pfingstabend, an dem ich draußen stand und dem Birkhahn zuhörte, der an der Berghalde mit lautem Ruf die Hennen lockte, als ein Mädchen angesprungen kam und berichtete, daß die beiden Pferde des Leutnants dort bei den Schleifsteinen ständen und sich dicht aneinander schmiegten. Alle hin – und siehe, die beiden schönen Tiere standen da und zitterten, aus Wunde an Wunde blutend! Sie waren unter Blackens gewaltigen Hufen und Zähnen gewesen. Die Furcht hatte ihnen die Kraft verliehen, über die hohe Umzäunung des Pfarrhofes zu setzen, denn sie hatten nicht gewagt, haltzumachen, ehe sie nach Hause kamen. Den Tag darauf ertönte Blackens Lob unter der sich vor der Kirche versammelnden Gemeinde und wurde von dort über »Berg und See« verbreitet.

Blacken hatte den Schmerz, daß einer seiner Söhne, ein kräftiger, brauner Hengst, nach einigen Jahren die Herrschaft mit ihm teilen wollte. Aber er ertappte ihn mitten in seinem ersten Aufruhrversuch, und als der freche Sohn nicht die Flucht ergreifen wollte, sondern ein herausforderndes Kampfgeschrei erhob, da richtete sich der erprobte Held empor, auf den Hinterbeinen gingen sie aufeinander los, legten einander die Vorderfüße um die Hälse und begannen den Ringkampf, denn auf diese Weise findet stets der Zweikampf der Hengste statt. Zuerst stand der junge Taugenichts gerade wie ein Violinbogen da; gleich darauf aber lag er niedergeschmettert auf dem Boden und erhielt seine väterliche Züchtigung. Ich stand dabei und sah es mit an.

In den nächsten Sommern hauste der Bär in der ganzen Gegend, der uns und andren viele Kühe und Schafe raubte. Alle Augenblicke hörten wir den Hirtenknaben schreien und den Hirtenhund anschlagen; dann wurde die Sturmglocke gezogen, die Arbeiter kamen angelaufen, und mit Flinten, Äxten und eisernen Stangen ging es zu den Almen hinauf; gewöhnlich kamen sie jedoch zu spät; entweder hatte der Hund bereits den Bären verjagt, oder ein Stück Vieh war bereits zerrissen, ehe die Hilfe erschien. Die Pferde konnten sich besser in acht nehmen, allein es geschah doch bisweilen, daß er ein Pferd tötete, entweder dadurch, daß er es in einen Sumpf lockte, wo das Pferd einsank und leicht ein Opfer wurde, oder dadurch, daß er es jagte, bis es von irgendeiner Felsenwand hinabstürzte. Namentlich in einem Sommer verursachte er großen Schaden; fast keine Woche ging vorüber, ohne daß sich der Bär an den Weideplätzen zeigte; die Pferde kamen oft plötzlich bis zu den Ställen hinab und waren dann stets in größter Angst und Aufregung, denn jedesmal wurden sie von dem Bären gejagt. Allein Blacken und die Stute mit ihrem Fohlen, die er scharfbeschlagen bewachte, kamen nie. Schließlich wußten wir gar nicht, wie es ihnen ergangen war; schon seit mehreren Tagen hatte der Hirt die Schelle der Stute nicht mehr erklingen hören. Als sie jedoch auch nach einem länger anhaltenden Unwetter, währenddessen sich die Pferde sonst der Heimat zu nähern pflegten, ja sich sogar oft an das Gattertor stellten, welches zum Stall führte, noch immer nicht angekommen waren, wurde ein großer Trupp Knechte nach dem Wald hinaufgeschickt, um Nachsuchung zu halten. Sie richteten ihr Augenmerk vorzüglich auf die Sumpfgegenden, falls der Bär das kampflustige Pferd dorthin gelockt, es auf diese Weise besiegt und dann vielleicht das Fohlen und die Stute, welche das Fohlen natürlich verteidigen würde, geraubt haben sollte. Sie suchten und suchten, ohne etwas Verdächtiges wahrzunehmen; Bärenspuren waren überall zu sehen, aber kein Merkmal eines Kampfes mit Pferden. Als die Knechte wieder zusammenkommen und sich darüber besprechen und sich der besten Pferdeweide im ganzen Walde nähern, wird einer von ihnen darauf aufmerksam, daß sich gerade in der Nähe eines Sumpfes Spuren eines Fohlens und der Mutterstute finden. Die Tiere waren aber unaufhörlich auf demselben Platze, also in großer Angst, umhergegangen, und dieses war vor kurzem geschehen, ganz gewiß erst an demselben Tage. Bei näherer Untersuchung des Moorbodens fanden sie ganz deutlich, daß er an vielen Stellen infolge eines heftigen Kampfes zertreten war. Die Knechte fingen an besorgt zu werden, aber sie wollten doch erst noch genauer nachsehen. Am Rande des Sumpfes entdeckten sie Spuren von den Hinterfüßen des Bären wie des Hengstes; sie hatten sich also beide sofort auf den Hinterfüßen emporgerichtet, der Bär hatte sich, um den Hengst zu verlocken, rückwärts in den Sumpf zurückgezogen, und dieser war ihm gefolgt, denn die breiten Tatzen des Bären vermag der Sumpfboden zu tragen, zumal ein Bär nicht so schwer wie ein Pferd ist, welches einsinkt und festsitzt. Allein diesmal hatte sich der Bär verrechnet, denn Blacken war zwar eingesunken, aber die Riesenkräfte seiner Lenden hatten es ihm möglich gemacht, die Beine wieder aus dem Schlamm des Sumpfes herauszuziehen, während die scharfbeschlagenen Vorderfüße schlugen und die scharfen Zähne bissen – und bald sah man nicht mehr die Spuren der Hinterfüße des Bären, sondern dagegen einen getreuen Abdruck seines Pelzes und immer wieder und wieder einen und so den ganzen Sumpf entlang. Er war niedergeworfen worden, hatte sich nicht wieder aufzurichten vermocht und hatte sich nun, um sich gegen die Schläge und Bisse des wütenden Pferdes zu schützen, weiter und weiter gewälzt, und das konnten sie bis auf den festen Boden verfolgen. Angeregt und begeistert von dem, was ihnen der Anblick des Kampfplatzes so deutlich verkündigte, hörte das Ohr der Knechte noch schärfer und sah ihr Auge noch gespannter um sich, und bald waren sie imstande, in der jetzt nach dem Regenwetter sonnenhellen und zitternden Luft die Schelle der Stute aus dem Laubwald am Fuße der Berghalde zu vernehmen. Sie eilten hin, trafen aber auf Blacken, der ihnen mit feuersprühenden Augen näher zu kommen verbot. Er war nicht wiederzuerkennen. Mit hoch erhobenem Kopf und wallender Mähne trabte er in weiten Kreisen um die Stute und das Fohlen herum, und erst nach vielen guten Worten und mit Hilfe von Salz gelang es, ihm wieder in Erinnerung zu bringen, daß bekannte Leute zu ihm kamen. Aber diese Heldentat Blackens, die einzig in ihrer Art dastand, verbreitete um seinen Namen einen solchen Glanz, daß sein bisheriger Namen »Pfarrerblacken« zum »Bärenblacken« erhöht wurde. Einmal nach dem andern, Jahr für Jahr, hatte er einen Strauß mit dem Bären, und jedesmal war er noch lange nachher nicht zu bändigen. Einmal hatte er eine Wunde von den Klauen des Bären davongetragen. Ein alter erfahrener Held des Bärengeschlechts hatte den Hengst dicht unter den Augen gepackt und ihm, als er seinen Kopf gewaltsam losriß, eine tiefe Wunde beigebracht. Einen so alten Hengst scharfbeschlagen auf die Trift zu lassen, war sonst gefährlich, allein die Pferde kannten ihn und flohen, und wenn auch eines oder das andere noch dumm genug war, standzuhalten und seine Schläge hinzunehmen, so hatte man doch mit Blacken seines weit berühmten Namens wegen Nachsicht. Ein Pferd, welches den Bären zu Boden schlug, mußte ja tun dürfen, was es wollte.

Wie bewundert er war, konnte am besten bemerkt werden, wenn wir, wie selten geschah, gezwungen waren, mit ihm zur Kirche zu fahren. Sollte die ganze Familie nebst Hausjungfer und Hauslehrer die Kirche besuchen, so mußte Blacken drei bis vier von uns in einem alten Gig fahren, in dem man »nicht bloß zu eitler Lust« dasaß. Weil keines der gewöhnlichen feineren Sielengeschirre groß genug für ihn war, so mußte er in seinem Arbeitsgeschirr schwerfällig dahertraben, und da ihm die schwere, sich sträubende Mähne bis in die Augen hinabhing, so sah er eben nicht danach aus, als befände er sich auf der Fahrt nach der Kirche. Sein Wagen mußte der letzte in der Reihe sein, denn teils wollte er nicht laufen, sondern nur langsam wie vor dem Arbeitswagen gehen, teils wollte er mit den Kirchgängern in alle Waldwege einbiegen, an die er gewöhnt war. War er jedoch der hinterste in der Reihe, so folgte er, wenn auch in seiner Weise: Wenn die anderen Pferde liefen, sprang Blacken wie ein Bär, und so kamen die, welche im Gig saßen, stoßweise oder wie bei hohem Wellenschlag vorwärts, und einmal trat bei ihnen wirklich eine förmliche Art Seekrankheit ein. Bei der Kirche trat dagegen eine vollkommene Veränderung ein. Dort befanden sich nämlich viele andere Pferde, und er erhob sofort den Kopf und stieß einen herausfordernden Kampfesruf aus. Dieser wurde von allen Seiten ringsum beantwortet, und nun wollte er mit dem Gig auf seine Gegner los, wurde aber gehalten, ausgespannt und ihm darauf der Spannstrick angelegt. Für ihn wurde ein ganz besonderer Spannstrick mitgenommen, und dann wurde er nach einem Platz dicht unter dem Felsenabhang gebracht, um von den andren Pferden so fern wie möglich zu sein. Allein er wollte zu ihnen, zerrte an seinem Spannstrick, richtete sich auf den Hinterbeinen in die Höhe, schüttelte die Mähne und wieherte in das Tal hinab. Um ihn waren mehr Menschen versammelt als in der Kirche. Wenn er einen Augenblick ruhig war, streichelten sie ihn und maßen seine Brust, seinen Hals, seine Lenden, griffen auch wohl nach seinem Maul, um sein Gebiß zu betrachten; sobald aber eines der andren Pferde wieherte, riß er sich von ihnen los, richtete sich auf den Hinterbeinen in die Höhe und gab wiehernd seine Antwort – allen kam es so vor, als hätten sie noch nie etwas so Herrliches gesehen. Ich meinesteils bin nie über etwas so stolz gewesen, wie ich damals über Blacken war, wenn ich unter den Bauern stand und die begeistertsten Lobsprüche mit anhörte.

Und hier auf der Höhe seiner Siegeslaufbahn will ich ihn verlassen. Ich kam in die Welt hinaus und bekam andere Ziele für meine Bewunderung und andere Helden für meinen Nacheifer.

Thrond

(1856)

Alf hieß ein Mann, auf den alle Bauern seines Dorfes große Hoffnungen setzten, weil er die meisten an Arbeitskraft wie an Klugheit übertraf. Aber als der Mann dreißig Jahre alt war, zog er sich auf das Gebirge zurück und machte sich zwei Meilen von dem Dorf ein Stück urbar. Viele wunderten sich, daß er eine solche Nachbarschaft mit sich allein aushielt, wunderten sich aber noch mehr, als sie einige Jahre später ein junges Mädchen aus dem Tal mit ihm teilen wollte, und noch dazu dasjenige, welches bei all ihren Festlichkeiten und Tänzen das fröhlichste gewesen war.

Sie wurden die »Waldleute« genannt, und er war unter dem Namen »Alf im Walde« bekannt; die Leute sahen ihm lange nach, wenn sie ihn bei der Kirche oder bei der Arbeit trafen, denn sie begriffen ihn nicht, und er ließ es sich auch nicht angelegen sein, sich ihnen gegenüber zu erklären. Seine Frau war nur einigemal im Dorf gewesen, und das eine Mal, um ein Kind taufen zu lassen.

Dieses Kind war ein Sohn, der den Namen Thrond erhalten hatte. Je mehr er heranwuchs, desto öfter sprachen sie davon, daß sie Hilfe haben müßten, und da sie nicht Mittel zu haben glaubten, sich einen erwachsenen Menschen zu halten, so nahmen sie sich nach ihrer Ausdrucksweise einen »halben«; sie bekamen ein vierzehnjähriges Mädchen in das Haus, welches den Knaben wartete, wenn die Eltern außerhalb des Hauses beschäftigt waren.

Das Mädchen war allerdings ein wenig einfältig, und der Knabe merkte bald, daß, was die Mutter sagte, leicht zu fassen war, aber schwer, was Ragnhild zu ihm sprach. Mit dem Vater verkehrte er nicht viel und hatte eher Furcht vor ihm, denn wenn dieser im Zimmer war, mußte die größte Stille herrschen.

Da, an einem Weihnachtsabend – auf dem Tisch brannten zwei Lichter, und der Vater trank aus einer Flasche, die ganz weiß war – nahm der Vater Thrond auf seinen Schoß, blickte ihm scharf in die Augen und rief: »Sieh mich an, Junge!« Darauf sagte er etwas milder: »Du bist gottlob nicht furchtsam! Hast du Lust, ein Märchen zu hören?« Der Knabe sagte nichts, blickte aber den Vater mit großen

Augen an. Da erzählte ihm dieser von einem Mann aus Waage, der Blessom hieß. Er, der Mann, war wegen eines Prozesses, den er führte, in Kopenhagen, und das Gerichtsverfahren hatte bis Einbruch des Weihnachtsabends gedauert. Das tat Blessom leid, und als er nun so auf den Straßen umherwandelte und sich nach Hause sehnte, sah er einen großen, kräftigen Mann in einem weißen Mantel vor sich her gehen. »Du schreitest schnell vorwärts!« sagte Blessom. »Ich habe heute abend auch noch weit nach Hause«, versetzte der Mann. – »Wo willst du denn hin?« – »Nach Waage«, erwiderte der Mann und schritt weiter. »Ach«, seufzte Blessom, »könnte ich doch auch nur mit hin!« – »Du kannst dich ja hinten auf meine Schlittenkufen stellen!« entgegnete der Mann und lenkte in eine Querstraße ein, in der das Pferd stand. Er stieg ein und blickte sich nach Blessom um, als dieser auf die Kufen stieg. »Du mußt dich aber ja festhalten!« sagte er. Blessom tat so und hatte es wahrlich nötig, denn es ging nicht immer auf gerader Erde. »Ich glaube gar, du fährst über Wasser hin«, sagte Blessom. – »Das tu' ich«, versetzte der Mann, und der Schaum brauste rings um sie her. Wieder eine Strecke weiter kam es Blessom so vor, als ob es nicht länger über das Wasser fortginge. »Ich glaube gar, daß es jetzt durch die Luft geht«, sagte er. – »Ei ja, das tut es«, erwiderte der Mann. Aber als sie noch weitergefahren waren, glaubte Blessom die Gegend, durch welche sie fuhren, wiederzuerkennen. »Ich glaube, das ist Waage«, sagte er. »Ja, nun sind wir angelangt«, entgegnete der Mann, und Blessom freute sich über die schnelle Fahrt. »Besten Dank für die vortreffliche Fahrt!« sagte er. »Danke gleichfalls«, antwortete der Mann und fügte, als er das Pferd wieder antrieb, hinzu: »Jetzt verlohnt es sich nicht mehr der Mühe, daß du dich weiter nach mir umsiehst!« – ›Nein, nein‹, dachte Blessom und stolperte über die Hügel nach Hause. Aber da wurde hinter ihm plötzlich ein solches Lärmen und Krachen, als sollte die ganze Felsenwand zusammenstürzen, und die ganze Gegend wurde ringsumher hell erleuchtet; er schaute sich um, und da sah er den Mann in dem weißen Mantel durch lodernde Flammen in den geöffneten Berg, der wie eine hohe Pforte über ihm stand, hineinfahren. Blessom wurde über die Reisegesellschaft, die er gehabt, ein wenig überrascht und wollte den Kopf wieder umwenden, aber wie er geworden war, blieb er sitzen, und nie wurde Blessoms Kopf wieder gerade.

Etwas Ähnliches hatte der Knabe noch nie in seinem Leben gehört. Er wagte den Vater nicht zu bitten, ihm noch mehr Märchen zu erzählen, aber früh am nächsten Morgen fragte er die Mutter, ob sie nicht auch einige wüßte. Ei ja, sie kannte genug, aber sie handelten meistens von Prinzessinnen, die sieben Jahre gefangen saßen, bis der rechte Prinz kam. Der Knabe glaubte, daß alles, was er hörte und sah, ihn dicht umgäbe.

Er zählte bereits acht Jahre, als an einem Winterabend zum erstenmal ein Fremder zur Tür hereintrat. Er hatte schwarzes Haar, und solches hatte Thrond nie gesehen. Er grüßte kurz »Guten Abend« und trat in das Zimmer. Thrond wurde ängstlich und setzte sich auf einen Schemel neben dem Herd. Die Mutter bat den Mann, Platz zu nehmen; er tat so, und nun konnte die Mutter sich ihn näher betrachten. »Ei der Tausend, ist das nicht Geigenknut?« fragte sie. – »Ja, der bin ich. Es ist lange her, seit ich auf deiner Hochzeit spielte.« – »Seitdem ist freilich ein gutes Stück Zeit vergangen. Kommst du weit her?« – »Ich habe während der Weihnachtstage auf der andren Seite des Gebirges gespielt. Aber mitten im Gebirge überfiel mich plötzlich ein eigentümliches Unwohlsein; ich mußte hier hineingehen, um zu ruhen.«

Die Mutter holte ihm Essen; er setzte sich zu Tisch, sagte aber nicht »in Jesu Namen!«, wie es der Knabe stets gehört hatte. Als er gegessen, stand er auf. »Jetzt ist mir wieder ganz wohl«, sagte er, »laß mich nun einen kurzen Augenblick ruhen.« Und er durfte sich in Thronds Bett legen und ausruhen.

Für Thrond wurde auf dem Fußboden eine Lagerstätte bereitet. Als er nun da lag, fror ihn auf der Seite, welche von dem Herde abgewandt war, und das war die linke. Den Grund glaubte er darin zu finden, daß die andere Seite der Nachtkälte nackt ausgesetzt war, denn er wähnte mitten im Walde zu liegen. Wie war er nur in den Wald hinausgekommen? Er richtete sich empor und blickte um sich; das Feuer brannte in weiter Ferne, und er lag wirklich einsam im Walde. Er wollte auf das Feuer zugehen, vermochte sich aber nicht von der Stelle zu rühren. Da ergriff ihn große Angst, denn ein Ungetüm konnte sich auf ihn stürzen, Spuk und Gespenster auf ihn eindringen; hin zum Feuer mußte er, und doch kam er nicht von der Stelle. Da wuchs seine Angst, er nahm sich aus allen Kräften zusammen, stieß mühsam den Ruf »Mutter!« aus – und erwachte. »Liebes Kind, du hast schwer geträumt«, sagte sie und nahm ihn auf den Arm.

Er zitterte am ganzen Leibe und schaute ringsumher. Der fremde Mann war verschwunden, und er wagte nicht nach ihm zu fragen. Die Mutter zog ihr schwarzes Kleid an und ging in das Dorf hinab. Bei ihrer Rückkehr wurde sie von zwei andren Fremden begleitet, ebenfalls mit schwarzem Haar und niedrigen Hüten. Auch sie sagten nicht »in Jesu Namen«, als sie aßen, und sprachen mit dem Vater immer ganz leise. Darauf gingen sie miteinander in die Scheune und kamen aus ihr mit einem großen Kasten zurück, den sie zwischen sich trugen. Sie setzten ihn auf einen Schlitten und sagten Lebewohl. Da sagte die Mutter: »Wartet noch einen Augenblick und nehmet den kleinen Kasten, den er bei sich trug, mit euch.« Sie wollte ihn holen, aber der eine der Männer sagte: »Den kann der da bekommen« und wies dabei auf Thrond. Der andere fügte noch hinzu: »Wende ihn ebensogut an wie der, welcher jetzt hier ruht« und zeigte nach dem großen Kasten hin. Dann lachten sie beide und zogen von dannen. Thrond sah den kleinen Kasten, welchen er auf solche Weise erhalten, an und fragte: »Was ist darin?« – »Sieh selber nach«, erwiderte die Mutter. Er tat es, und sie half ihm beim Öffnen! Da überflog der Ausdruck großer Freude sein Gesicht, denn er gewahrte darin etwas gar Leichtes und Feines liegen. – »Nimm es!« sagte die Mutter. Er betastete es nur mit einem Finger, zog ihn aber schnell wieder mit großem Schrecken zurück. »Es weint!« rief er ängstlich. »Fasse nur dreist zu!« sagte die Mutter, und nun griff er mit der ganzen Hand zu und langte es heraus. Er drehte es hin und her, lachte und befühlte es von allen Seiten. »Liebe Mutter, was ist das?« fragte er, es kam ihm so federleicht vor. – »Es ist eine Geige.«

Auf diese Weise bekam Thrond Alfson seine erste Geige.

Der Vater konnte etwas spielen und zeigte dem Knaben die ersten Griffe, die Mutter konnte aus der Zeit, in der sie noch tanzte, einige Melodien trällern, und diese lernte Thrond von ihr, aber bald ersann er sich neue. Sobald er nicht lernte, spielte er, spielte so anhaltend, daß der Vater einmal zu ihm sagte, er würde darüber ganz bleich und elend; alles, was der Knabe bis dahin gelesen und gehört hatte, ging in die Geige über. Die weiche, feine Saite war die Mutter; die danebenliegende, welche der Mutter stets folgte, war Ragnhild. Die grobe Saite, die er seltener benutzte, war der Vater. Aber vor der letzten, so ernsten und strengen Saite fürchtete er sich halb und halb, und ihr gab er keinen Namen. Tat er einen Fehlgriff auf der Quinte, so tönte ihm das wie Katzengeschrei, auf der Saite des Vaters wie Ochsengebrüll. Der Bogen war ihm das Bild jenes Blessom, der in einer Nacht von Kopenhagen bis Waage fahren durfte. Auch jede Melodie bezeichnete ihm einen bestimmten Gegenstand. Die, in der lang anhaltende, ernste Töne vorkamen, veranschaulichte ihm die Mutter in ihrem schwarzen Kleid. Bei einer recht hüpfenden und springenden dachte er an Moses, welcher stotterte und mit seinem Stab gegen den Felsen schlug. Wenn der Bogen nur leicht die Saiten berührte, sah er die Waldnymphe vor sich, welche im Nebel, so daß es kein anderer sehen konnte, das Vieh forttrieb.

Aber sein Spiel drang über die Felswände hinfort, und Sehnsucht erfaßte sein Herz. Als der Vater eines Tages erzählte, daß auf dem Markt ein kleiner Knabe gespielt und viel Geld verdient hätte, wartete Thrond in der Küche auf die Mutter und fragte sie leise, ob er nicht auch mit auf den Markt gehen und den Leuten etwas vorspielen dürfte. »Wie kannst du dir nur dergleichen in den Kopf setzen!« erwiderte die Mutter, sprach aber gleichwohl darüber sofort mit dem Vater. »Er wird früh genug in die Welt hinauskommen«, entgegnete der Vater, und das sprach er in einer Weise, daß die Mutter nicht länger bat.

Bald darauf erzählten der Vater und die Mutter bei Tische von neuen Nachbarsleuten, die sich vor kurzem auf dem Gebirge angesiedelt hatten und sich nun verheiraten wollten. Sie hatten, wie der Vater sagte, noch keinen Spielmann. »Könnte ich nicht ihr Spielmann werden?« fragte der Knabe leise, als die Mutter wieder in der Küche stand. – »Du, der du noch ein kleiner Junge bist!« versetzte sie; aber sie ging doch auf die Scheunentenne hinaus, wo gerade der Vater war, und sagte es ihm. »Er war noch nie im Kirchspiel«, setzte sie hinzu, »er hat noch nie eine Kirche gesehen.« – »Ich begreife nicht, weshalb du mich zu bitten nötig hast«, sagte Alf, aber er sagte auch nicht mehr, und deshalb glaubte die Mutter, daß hierin eine Art Erlaubnis läge. Infolgedessen ging sie zu den neuen Ansiedlern hinüber und bot ihren Sohn an. »Wie er spielt«, sagte sie, »hat noch nie ein so junger Bursch gespielt«, und richtig – der Knabe sollte sie auf dem Brautmarsch als Spielmann begleiten.

Da gab es große Freude daheim. Von früh bis spät spielte Thrond und übte neue Melodien ein, und des Nachts träumte er von ihnen; sie trugen ihn über die Berge in fremde Lande hinaus, als ritte er auf segelnden Wolken. Die Mutter nähte neue Kleider, aber der Vater hielt es im Zimmer nicht aus.

Die letzte Nacht schlief der Knabe nicht, sondern ersann eine neue Melodie über die Kirche, die er noch nicht gesehen hatte. Früh am Morgen war er auf, die Mutter ebenfalls, um ihm Frühstück zu geben; aber er konnte nichts essen. Er zog die neuen Kleider an, nahm die Violine in die Hand, und da kam es ihm vor, als flimmerte es ihm vor den Augen. Die Mutter begleitete ihn bis auf die Steintreppe hinaus und sah ihm nach, während er den Abhang hinaufging. Es war das erstemal, daß er das väterliche Haus verließ.

Der Vater stieg leise aus dem Bett auf und trat an das Fenster; er stand da und blickte dem Knaben nach, bis er die Tritte der Mutter auf der Treppe vernahm; da suchte er wieder das Bett auf, und als sie hereintrat, lag er mit geschlossenen Augen da.

Sie ging unaufhörlich um ihn her, als ob sie etwas auf dem Herzen hätte, was sie gern vorbringen möchte. Und endlich konnte sie es nicht länger zurückhalten. »Ich denke doch, daß ich zur Kirche hinab und nachsehen müßte, wie es geht.« Er gab keine Antwort, deshalb betrachtete sie die Sache als abgemacht, zog sich an und ging.

Es war ein herrlicher, sonnenheller Tag, als der Knabe das Gebirge hinauf wanderte. Er lauschte auf den Gesang der Vögel und sah die Sonne zwischen den Blättern flimmern, während er mit der Geige unter dem Arme schnell vorwärts schritt. Und als er nach dem Hochzeitshaus kam, sah er noch immer nichts anderes, als was er vorher im Kopfe hatte, weder den Brautstaat noch das Brautgefolge; er fragte bloß, ob sie bald aufbrechen würden, und das wollten sie. Er ging mit der Geige voran; nun spielte er den ganzen Morgen, daß es zwischen den Bäumen widerhallte. »Sehen wir die Kirche bald?« fragte er rückwärts gewandt; lange erhielt er eine verneinende Antwort, aber endlich sagte jemand: »Sobald wir dort um den Felsenvorsprung biegen, wirst du die Kirche sehen.« Er spielte seine neuste Melodie, der Bogen tanzte, und er sah gerade vor sich hin. Da lag mit einem Male das Kirchspiel gerade vor ihm!

Das erste, was er sah, war ein leichter Nebel, der sich rauchartig die entgegengesetzte Felsenwand emporzog. Dann schweiften seine Blicke über grüne Wiesen und große Häuser mit Fenstern, deren Scheiben in den hellen Sonnenstrahlen feurig glühten. Es flimmerte fast wie auf der Eisbahn an einem Wintertag. Die Häuser wurden beständig größer, und immer mehr Fenster wurden sichtbar, und hier lagen auf der einen Seite ungeheuer große, rote Häuser, Pferde standen vor ihnen an den Mauern angebunden, kleine, festlich gekleidete Kinder spielten auf einer Anhöhe, Hunde saßen daneben und sahen zu. Aber über dies alles tönte ein langer, tiefer Ton hin fort, so daß Thrond sein Inneres erbeben fühlte und es ihm vorkam, als ob sich alles, was er sah, im Takte nach demselben bewegte. Da erblickte er mit einem Male ein großes, schmales Haus, das mit einer hohen, glänzenden Spitze gen Himmel emporragte. Und unterwärts funkelten Hunderte von Fenstern in der Sonne, so daß das Haus wie in einer hellen Flamme dastand. ›Das muß die Kirche sein‹, dachte der Knabe, ›und der Ton muß von ihr herkommen.‹ Ringsumher stand eine unermeßliche Menge Menschen, und sämtliche glichen einander. Er brachte sie sofort mit der Kirche in Verbindung und bekam dadurch eine mit Furcht gemischte Achtung vor dem kleinsten Kinde. ›Jetzt muß ich spielen‹, dachte Thrond und nahm alle seine Kräfte zusammen. Aber was war dies? Die Geige brachte ja keinen Ton mehr hervor. Es muß etwas an den Saiten in Unordnung sein; er sah nach, aber es war kein Fehler zu entdecken. »Dann muß es daran liegen, daß ich den Bogen nicht kräftig genug aufsetze«, und er strich mit aller Kraft, aber die Geige war wie zersprungen. Er spielte nun statt der Melodie, welche die Kirche bedeuten sollte, eine andere, aber die Töne waren ebenso kreischend, kein richtiger Ton, nichts als pfeifende und jammernde Laute. Er fühlte, wie der kalte Schweiß über sein Gesicht hinabperlte, er dachte an die klugen Leute, die umherstanden und ihn vielleicht auslachten, ihn, der doch zu Hause so schön spielen konnte, während es ihm hier nicht einen einzigen Ton hervorzubringen gelang! »Gottlob, daß die Mutter nicht hier ist und meine Schande mit ansieht«, sagte er leise zu sich selbst, als er spielend mitten durch die Leute hindurchschritt aber sieh, da stand sie in dem schwarzen Kleide und wich weiter und immer weiter zurück. Da erblickte er in demselben Augenblicke hoch oben auf der Turmspitze den schwarzhaarigen Mann sitzen, der ihm die Geige gegeben hatte. »Gib sie wieder her!« rief er, lachte und streckte die Arme aus, und die Turmspitze bewegte sich mit ihm auf und nieder. Aber der Knabe nahm die Geige unter den einen Arm; »du bekommst sie nicht!« rief er, wandte sich um und lief aus der Volksmenge hinaus, die Häuser entlang, über Wiesen und Felder hin fort, bis er nicht mehr konnte und auf die Erde sank.

Lange lag er da, das Gesicht zur Erde gekehrt, und als er endlich den Kopf erhob, hörte und sah er nur Gottes endlosen Himmel, der sich mit seinem ewigen Sausen über ihm wölbte. Das war ihm so entsetzlich, daß er das Gesicht abermals gegen die Erde wenden mußte. Als er das Haupt von neuem emporrichtete, gewahrte er die Geige, die für sich allein dalag. »Deine Schuld ist das alles!« rief der Knabe und hob sie hoch empor, um sie zu zerschmettern, hielt aber plötzlich inne und blickte sie an. – »Wir haben viele frohe Stunden miteinander zugebracht«, sagte er und verfiel abermals in Schweigen. – Aber kurz darauf fügte er hinzu: »Die Saiten müssen fort, denn sie taugen nichts.« Und er zog ein Messer hervor und schnitt zu. »Au!« sagte die Quinte kurz und traurig. Der Knabe schnitt. »Au!« sagte die nächste Saite; aber der Knabe schnitt weiter. »Au!« sagte die dritte schwer bekümmert – und nun war er vor der vierten angelangt. Ein herber Schmerz ergriff ihn; die vierte Saite, sie, der er nie gewagt hatte einen Namen zu geben, sie zerschnitt er nicht. Jetzt war es auch, als ob er fühlte, daß sein Unvermögen zu spielen nicht der Fehler der Saiten war. Da kam seine Mutter langsam auf ihn zugegangen, um ihn nach Hause zu führen. Aber eine noch größere Furcht ergriff ihn; er richtete sich empor und rief ihr entgegen: »Nein, Mutter, nach Hause kehre ich nicht eher zurück, als bis ich spielen kann, was ich heute gesehen habe.«

Der Vater

(1858)

Der Mann, von dem hier erzählt werden soll, war der mächtigste in seinem Kirchspiel; er hieß Thord Överaas. Eines Tages stand er in dem Arbeitszimmer des Pfarrers, hoch aufgerichtet und mit feierlichem Ernst.»Ich habe einen Sohn bekommen«, sagte er,»und will ihn getauft haben.« –»Wie soll er heißen?« –»Finn, nach meinem Vater.« –»Und wer sind die Gevattern?« – Sie wurden genannt und waren die angesehensten Männer und Frauen des Kirchspiels, welche sämtlich zu der Familie des Vaters gehörten.»Hast du sonst noch etwas mitzuteilen?« fragte der Pfarrer und blickte zu ihm auf. Der Bauer stand einen Augenblick schweigend da.»Ich würde ihn gern für sich allein getauft haben«, sagte er. –»Das soll heißen an einem Wochentage?« –»Am nächsten Samstag, mittags zwölf Uhr.« –»Hast du sonst noch etwas?« fragte der Pfarrer. –»Sonst wüßte ich nichts.« Der Bauer drehte den Hut in den Händen, als wollte er gehen. Da erhob sich der Pfarrer.»So laßt mich Euch noch einen Wunsch auf den Weg mitgeben«, sagte er, ging auf Thord zu, nahm seine Hand, blickte ihm in die Augen und sprach:»Gebe Gott, daß dir das Kind zum Segen gereiche!«

Sechzehn Jahre nach diesem Tage stand Thord wieder in dem Zimmer des Pfarrers.»Du hältst dich gut, Thord«, sagte der Pfarrer, der keine Veränderung an ihm wahrnahm.»Ich habe ja auch keine Sorgen«, versetzte Thord. Hierzu schwieg der Pfarrer. Nach einer Weile fragte er:»Was ist heute abend dein Anliegen?« –»Heute abend komme ich wegen meines Sohnes, der morgen konfirmiert werden soll.« –»Er ist ein tüchtiger Junge.« –»Ich wollte Ihnen Ihre Gebühren nicht bezahlen, ehe ich wüßte, welchen Platz er in der Kirche erhalten würde.« –»Ich habe ihm den ersten angewiesen.« –»Nun bin ich dessen doch sicher – und hier sind zehn Taler für Sie.« –»Wünschest du sonst noch etwas?« fragte der Pfarrer, indem er Thord anblickte. –»Ich wüßte nichts weiter.« Thord ging.

Wieder waren acht Jahre verflossen, als man eines Tages vor dem Arbeitszimmer des Pfarrers lautes Geräusch vernahm, denn viele Männer kamen, und Thord eröffnete den Zug. Der Pfarrer blickte empor und erkannte ihn.»Du kommst heute abend in zahlreicher

Begleitung.« – »Ich will das Aufgebot meines Sohnes bestellen; er soll sich mit Karen Storliden verheiraten, der Tochter Gudmunds, der hier steht.« – »Das ist ja das reichste Mädchen im ganzen Kirchspiel.« – »So sagt man«, entgegnete der Bauer, indem er sich das Haar mit der einen Hand in die Höhe strich. Der Pfarrer saß eine Weile wie in Gedanken da; ohne etwas zu sagen, schrieb er darauf die Namen in seine Bücher ein, und die Männer unterschrieben. Thord legte drei Taler auf den Tisch. – »Mir steht nur einer zu«, sagte der Pfarrer. – »Ich weiß, was Sie zu verlangen haben, aber er ist mein einziges Kind – ich möchte meine Sache gern gut machen.« Nach dieser Erklärung nahm der Pfarrer das Geld. »Jetzt stehst du um deines Sohnes willen schon zum drittenmal hier, Thord.« – »Jetzt bin ich mit ihm aber auch fertig«, erwiderte Thord, schnürte seinen Geldbeutel zu, sagte Lebewohl und ging – die Männer folgten ihm langsam.

Vierzehn Tage darauf ruderten Vater und Sohn bei stillem Wetter über das Wasser nach Storliden, um sich über das Hochzeitsfest zu besprechen. – »Die Ruderbank liegt nicht fest unter mir«, sagte der Sohn und stand auf, um sie zurechtzulegen. In demselben Augenblick gleitet das Brett, auf dem er steht, aus; er greift mit den Armen um sich, stößt einen Angstschrei aus und stürzt in das Wasser. – »Halte dich an dem Ruder fest!« rief der Vater, sprang auf und hielt es ihm hin. Aber als der Sohn einigemal danach gegriffen hatte, wurden seine Hände steif und starr. »Warte, warte!« rief der Vater und ruderte auf ihn zu. Da stürzt der Sohn rücklings über, wirft dem Vater einen langen Blick zu – und versinkt.

Thord wollte es nicht recht glauben, er hielt das Boot still und starrte auf den Fleck, wo der Sohn versunken war, als müßte er wieder emportauchen. Einige Blasen stiegen auf, noch einige, dann nur eine einzige große, welche zersprang – und spiegelhell lag die See wieder da. Drei Tage und drei Nächte lang sahen die Leute den Vater um diesen Fleck herumrudern, ohne zu essen oder zu schlafen; er suchte nach seinem Sohn. Erst am Morgen des dritten Tages fand er ihn und trug ihn selbst über die Berge nach seinem Hof.

Seit jenem Tage konnte wohl ein Jahr verflossen sein. Da hört der Pfarrer noch spät an einem Herbstabend jemanden sich draußen vor der Flurtür bewegen und nach der Türklinke umhertasten. Der

Pfarrer öffnete die Tür, und herein trat ein hochgewachsener, vornübergebeugter Mann, mager und mit weißen Haaren. Der Pfarrer blickte ihn lange an, ehe er ihn erkannte; es war Thord. »Kommst du so spät?« sagte der Pfarrer und blieb vor ihm stehen. »Leider ja, ich komme spät«, versetzte Thord, indem er sich niedersetzte. Der Pfarrer nahm voller Erwartung ebenfalls Platz; lange herrschte Stillschweigen. Endlich sagte Thord: »Ich habe etwas bei mir, das ich gern den Armen geben möchte; ich beabsichtige eine milde Stiftung zu gründen, die meines Sohnes Namen tragen soll.« – Er erhob sich, legte Geld auf den Tisch und setzte sich wieder. Der Pfarrer zählte es. »Das ist viel Geld«, sagte er. – »Es ist die Hälfte des Preises für meinen Hof, den ich heute verkaufte.« – Lange blieb der Pfarrer schweigend sitzen; endlich fragte er mit sanfter Stimme: »Was denkst du jetzt zu beginnen?« – »Etwas Besseres!« – Wieder saßen sie eine Weile schweigend da, Thord mit auf den Boden gerichteten Blicken, während der Pfarrer ihn fragend ansah. Da sagte der Pfarrer mit einem Male leise: »Jetzt denke ich, daß dir dein Sohn endlich zum Segen geworden ist.« – »Ja, nun bin auch ich davon überzeugt«, versetzte Thord, blickte auf, und zwei Tränen rollten langsam über sein Antlitz hinab.

Treue

(1868)

In der ebenen Gegend meiner Heimat wohnte ein Ehepaar mit sechs Söhnen; es mühte sich auf einem großen, aber verwahrlosten Hofe getreulich ab, bis ein Unglücksfall dem Mann das Leben raubte und die Frau mit dem schwer zu bestellenden Gute und den sechs Kindern wieder allein dasaß. Sie verlor nicht den Mut, sondern führte die beiden ältesten Söhne an den Sarg und ließ sie dort über der Leiche des Vaters ihr geloben, für ihre Geschwister zu sorgen und ihr, der Mutter, beizustehen, soweit Gott ihnen Kräfte gäbe. Das gelobten sie und taten es, bis der Jüngste der Söhne konfirmiert war. Dann glaubten sie sich ihres Gelübdes entledigt, der Älteste heiratete die Witwe eines Hofbesitzers und der Nächstälteste kurz darauf ihre wohlhabende Schwester.

Die vier übriggebliebenen Brüder sollten nun das Ganze leiten, nachdem sie bisher selbst unaufhörlich geleitet worden waren. Sie fühlten keinen sonderlichen Mut dazu; von Kindheit an waren sie gewohnt, zusammenzuhalten, zwei und zwei, oder auch wohl alle vier, und taten es nun um so mehr, da sie beieinander Hilfe suchen mußten. Niemand sprach eine Ansicht aus, ehe er die der übrigen zu kennen glaubte, ja im Grunde verstanden sie auch ihre eigene nicht, ehe sie sich nicht gegenseitig angeblickt hatten. Ohne daß sie sich darüber verabredet hatten, war es doch zwischen ihnen ein stillschweigendes Übereinkommen, sich nicht zu trennen, solange die Mutter lebte. Diese selbst wollte es indessen etwas anders haben, und es gelang ihr, die beiden verheirateten Söhne auf ihre Seite zu ziehen. Der Hof war bedeutend verbessert worden, er bedurfte mehr Menschenkräfte, weshalb die Mutter vorschlug, die beiden Ältesten abzufinden und den Hof zwischen den vieren derart zu teilen, daß je zwei und zwei ihre Anteile zusammen bewirtschafteten. Neben dem alten Haus sollte ein neues aufgeführt werden; da hinein sollte das eine Paar ziehen, während das andere bei ihr bliebe. Aber von dem ausziehenden Paare müßte sich einer verheiraten, denn sie bedürften für die Haus- wie für die Viehwirtschaft der Hilfe – und die Mutter nannte das Mädchen, das sie sich zur Schwiegertochter wünschte.

Dagegen hatte niemand etwas; aber jetzt war nur die Frage, welches Paar sollte ausziehen und wer von den Brüdern sollte sich verheiraten. Der Älteste sagte, zum Ausziehen wäre er zwar bereit, aber verheiraten würde er sich nie, und jeder von den andren wies diese Zumutung ebenso entschieden zurück.

Da wurden sie mit der Mutter darüber einig, daß sie dem Mädchen selbst die Entscheidung überlassen wollten. Und oben auf der Alm fragte die Mutter dasselbe eines Abends, ob es nicht als Frau in ihr neues Haus einziehen wollte, und das Mädchen wollte es gern tun. Ja, wen von den Burschen es denn haben wollte, denn es könnte bekommen, wen es wollte. Nein, daran hatte es noch nicht gedacht. Dann müßte das Mädchen es jetzt tun, denn das hinge nur von ihr ab. Ei nun, dann könnte es ja der Älteste werden; aber den konnte es nicht bekommen, weil er nicht wollte. – Nun nannte es den Jüngsten. Allein die Mutter meinte, das sähe so sonderbar aus; »er wäre ja der Jüngste!« – Nun, dann der Vorjüngste. – »Weshalb denn aber nicht der Nächstälteste?« – »Freilich, weshalb denn nicht der Nächstälteste?« erwiderte das Mädchen, denn an ihn hatte es die ganze Zeitlang gedacht und ihn deshalb nicht genannt. Aber die Mutter hatte schon von dem Augenblick an, daß sich der Älteste zu verheiraten weigerte, geahnt, er müßte befürchten, daß der Nächstälteste und das Mädchen ein Auge aufeinander geworfen hätten. Der Nächstälteste heiratete also das Mädchen, und der Älteste zog mit ihm aus. Wie der Hof nun geteilt wurde, bekam kein der Familie Fernstehender zu wissen, denn sie arbeiteten zusammen wie früher und ernteten ein zusammen, bald in die eine, bald in die andre Scheune.

Nach einiger Zeit begann die Mutter schwach zu werden; sie bedurfte Ruhe, folglich Hilfe, und die Söhne kamen überein, ein Mädchen, welches sonst bei ihnen in Arbeit ging, zu mieten. Der Jüngste sollte das Mädchen am nächsten Tage beim Laubsammeln im Walde fragen; er kannte es am besten. Aber der Jüngste mußte an das Mädchen lange im stillen gedacht haben, denn als er es endlich fragte, tat er es so sonderbar, daß das Mädchen es für einen Heiratsantrag hielt und ja sagte. Dem Burschen wurde angst, er ging sofort zu seinen Brüdern und sagte ihnen, wie verkehrt es ihm ergangen wäre. Alle vier wurden ernst, und niemand wagte das erste Wort zu sagen. Aber der Vorjüngste sah es dem Jüngsten an, daß er das

Mädchen wirklich liebhatte und daß ihm deshalb so angst geworden war. Er ahnte zugleich sein Los, Junggeselle zu bleiben, denn verheiratete sich der Jüngste, so konnte er es nicht. Es wurde ihm etwas sauer, denn er hatte selbst eine Dirne, die ihm gefiel; aber dabei war jetzt nichts zu tun. Er sagte deshalb das erste Wort, nämlich daß sie des Mädchens am sichersten wären, wenn es die Frau auf dem Hof würde. Sobald erst einer gesprochen hatte, waren die anderen damit einverstanden, und die Brüder gingen, um mit der Mutter zu reden. Als sie aber nach Hause kamen, war die Mutter ernstlich erkrankt; sie mußten warten, bis sie wieder genesen wäre, und als sie nicht mehr gesund wurde, hielten sie abermals Rat. In diesem setzte es der Jüngste durch, daß sie, solange die Mutter das Bett hütete, keine Veränderung vornehmen wollten, denn das Mädchen sollte nur die Pflege der Mutter übernehmen. Dabei blieb es.

Sechzehn Jahre lang lag die Mutter krank. Sechzehn Jahre lang pflegte die zukünftige Schwiegertochter sie still und geduldig. Sechzehn Jahre lang versammelten sich die Söhne jeden Abend an ihrem Bett, um Andacht zu halten, und des Sonntags auch die beiden ältesten. Sie bat sie in diesen stillen Stunden oft, derjenigen eingedenk zu sein, die sie gepflegt hatte; sie verstanden, was sie meinte, und versprachen es. Sie segnete während aller dieser sechzehn Jahre ihre Krankheit, weil dieselbe sie die Freude einer Mutter bis zum letzten Augenblick hätte empfinden lassen; sie dankte ihnen bei jeder Zusammenkunft, und einmal wurde es die letzte.

Als sie tot war, kamen die sechs Brüder zusammen, um sie selbst zu Grabe zu tragen. Hier war es Sitte, daß auch Frauen zum Grabe folgten, und diesmal folgte das ganze Kirchspiel, Männer und Frauen, alle, die gehen konnten, bis zu den Kindern hinab – erst der Küster als Vorsänger, dann die sechs Söhne mit dem Sarg und dann die ganze Gemeinde unter Trauergesang, der weithin hörbar war. Und als die Leiche eingesenkt war und die sechs das Grab zugeschaufelt hatten, zog das ganze Trauergefolge in die Kirche hinein, denn dort sollte gleichzeitig die Trauung des Jüngsten stattfinden; so wollten es die Brüder haben, weil beides im Grunde zusammengehörte. Hier predigte der damalige Pfarrer, mein jetzt bereits verstorbener Vater, von der Treue und predigte so begeistert, daß ich, der ich zufällig dazugekommen war, beim Verlassen der Kirche

glaubte, daß Berg und See und die Größe der ganzen Natur inei-
nander aufgingen.

Ein Lebensrätsel

(1869)

»Weshalb sollen wir uns hier niederlassen?« – »Weil es hier hoch und hell ist.« – »Aber hier unten ist es tief; mir schwindelt, und die Sonnenstrahlen fallen so blendend auf das Wasser; laß uns weitergehen!« – »Nein, nicht weiter.« – »Dann zurück nach der grünen Laube; dort war es so schön.« – »O nein, auch dorthin nicht.« Er ließ sich nachlässig nieder, als könnte oder wollte er nicht mehr fort. Sie blieb, die Blicke unverwandt auf ihn gerichtet, stehen. Darauf sagte er: »Aasta, nun mußt du mir erklären, weshalb du so ängstlich wurdest, als der fremde Schiffer in der Dämmerung eintrat.« – »Habe ich es mir nicht gedacht!« flüsterte sie und schien davonlaufen zu wollen. – »Du mußt es mir sagen, bevor du gehst; denn sonst komme ich dir nicht nach.« – »Botolf!« rief sie und wandte sich um, blieb aber stehen. Er sagte: »Ich habe dir allerdings versprochen, dich nicht zu fragen, und ich werde mein Versprechen auch halten, wenn du das lieber willst; aber dann ist hiermit alles zu Ende.« – Jetzt brach sie in Tränen aus und näherte sich ihm. Ihre niedliche, feine Gestalt, ihre kleinen Händchen, ihr weiches, helles Haar, von dem das darumgeschlungene Halstuch hinabgeglitten war, und dann erst ihre Augen und ihr Mündchen, jedes fesselte für sich, und alles zusammen gab ein wunderbar liebliches Gesamtbild. Hell und leuchtend fielen die Sonnenstrahlen auf sie. Er sprang empor: »Ja, du weißt es, wenn du mich so anblickst, so gebe ich nach. Aber nun weiß ich auch, daß es hinterher nur schlimmer wird. Kannst du es denn gar nicht begreifen: Wenn ich dir auch hundertmal verspreche, deine Vergangenheit nicht kennen zu wollen – ich bekomme keinen Frieden, ich kann mein Versprechen nicht halten!« Sein Gesicht verriet auch eine leidenschaftliche Aufregung, die nicht erst von gestern herrührte. – »Botolf, das war es ja, was du mir versprachst, als du mich nie in Frieden ließest; du versprachest mir, von dem, was ich dir nie, nie sagen könnte, abzustehen. Du versprachest es mir feierlich, du sagtest, es wäre dir völlig gleichgültig, du wolltest nur mich, nichts als mich haben! – Botolf!« Und sie kniete vor ihm in das Heidekraut nieder, sie weinte, als fürchtete sie für sein Leben, sie blickte ihn an, während Träne um Träne ihre eigene Sprache redete, und sie war das Schönste und Unglücklichste, das er in seinem Leben gesehen hatte. – »Gott behüte mich!« sagte er, sprang auf, setzte sich aber sogleich wieder. »Hättest du mich so lieb, daß du mir Vertrauen schenken könntest, wie glücklich könnten wir beide sein!« – »Oder wenn du mir etwas Vertrauen schenken könntest!« bat sie und kam auf den Knien näher, und darauf fügte sie hinzu: »Dich liebhaben? In der Nacht, in der ich nach dem Zusammenstoß unseres Schiffes mit dem deinigen auf das Verdeck kam, da standest du auf der Kommandobrücke und gabst Befehle. Nie hatte ich so etwas Männliches und Kraftvolles gesehen; ich liebte dich auf der Stelle! Und als du mich, während die Fahrzeuge im Sinken begriffen waren, in das Boot hinübertrugst, da fühlte ich wieder Lust zum Leben, und die glaubte ich für immer verloren zu haben!« Sie schwieg und weinte, dann aber schlang sie die Hände um seine Knie: »Botolf«, flehte sie, »sei groß, sei groß wie damals, als du mich nahmst, ohne daß ich etwas besaß, mich, mich allein nahmst – Botolf!« Fast hart erwiderte er: »Weshalb versuchst du mich? Du weißt ja, ich kann nicht! Die Seele ist es, die wir haben wollen, nicht bloß das leibliche Leben – in den ersten Tagen mag das angehen, aber nicht mehr später.« Sie zog sich zurück und sagte hoffnungslos: »Ach nein, ein Leben wird nie wieder ein ganzes; o Gott!« – und wieder brach sie in Tränen aus. »Gib du mir dein ganzes Leben und nicht bloß ein Stück davon, dann wird es bei mir wieder ein ganzes werden!« Er sprach mit fester Stimme, wie um sie zu ermutigen; sie antwortete nicht, aber er sah sie kämpfen. »Besiege dich selbst, wage den Schritt! Schlimmer als es jetzt ist, kann es doch nicht werden!« – »Du verstehst es, mich zum Äußersten zu treiben!« sprach sie flehend; er mißverstand sie und fuhr fort: »Wenn es auch das größte Verbrechen ist, ich will es zu tragen versuchen, aber dies vermag ich nicht zu tragen!« – »Nein, auch ich nicht!« rief sie und richtete sich empor. – »Ich will es dir tragen helfen, jeden Tag es dir tragen helfen , versetzte er, indem auch er aufstand, »wenn ich nur weiß, was es ist. Aber ich bin zu stolz, Hüter über etwas zu sein, das ich nicht kenne und das vielleicht einen andern angeht!« – Hier wurde sie glühend rot. »Schäme dich, von uns beiden bin ich die stolzeste, ich verlange keinen Hüter über das, was einen andern angeht. Nun aber höre endlich auf.« – »Nein, bist du stolz, so befreie mich erst von meinem Argwohn!« – »Jesus Christus, das halte ich nicht länger aus.« – »Nein, ich habe geschworen, daß es heute ein Ende haben soll.« – »Ist es nicht unbarmherzig«, schrie sie, »ein Weib, das sich dir anvertraut und so innig für sich gebeten hat wie ich, quälen und plagen zu wollen!« Und wieder war sie nahe daran, in Tränen auszubrechen, aber mit einem plötzlichen Umschwung rief sie: »Oh, ich durchschaue dich, du willst mich zur vollen Verzweiflung bringen, damit du etwas von mir erfährst!« Sie blickte ihn bekümmert an und wandte sich dann um. Da hörte sie langsam Wort für Wort: »Willst du oder willst du nicht?« Sie streckte die Hand aus: »Nicht, und wenn du mir alles bötest, was wir von hier überschauen können!« Sie trat von ihm zurück, ihr Busen wogte, ihre Blicke irrten hier- und dorthin, bald hart, bald traurig und dann wieder hart. Sie lehnte sich gegen einen Baum und weinte; dann hörte sie zu weinen auf und begann sich wieder zu entfernen. »Ich wußte ja, daß du mich nicht liebtest!« hörte sie – und in einem Augenblick war sie das zärtlichste und reuevollste Wesen; ein paarmal wollte sie antworten, aber statt dessen warf sie sich in das Heidekraut nieder und verbarg das Antlitz in ihre Hände. Er trat heran und neigte sich über sie. Sie fühlte seine Nähe, sie erwartete seine Anrede, aber als sie ausblieb, wurde ihr noch beklommener zumute, und sie mußte emporblicken. Augenblicklich sprang sie in die Höhe; sein wettergebräuntes, längliches Gesicht war hohl geworden; das tiefe Auge ohne Augenbrauen, der breite, aber zusammengepreßte Mund, die ganze kräftige Gestalt machte einen so überwältigenden Eindruck auf sie, daß sie ihn plötzlich vor sich stehen sah wie in jener Schiffbruchsnacht auf der Kommandobrücke; er war groß wie damals und von einer grenzenlosen Kraft geworden, aber jetzt stand er ihr selbst gegenüber! »Du hast mich belogen, Aasta!« Sie wich zurück, aber er folgte ihr; »du hast auch mich zum Lügner gemacht; keinen einzigen Tag, den wir zusammen verlebt, hat volle Wahrheit zwischen uns geherrscht!« Er stand ihr so nahe, daß sie seine warmen Odemzüge fühlen konnte, er blickte ihr gerade in die Augen, so daß es dunkel vor ihr wurde, sie wußte nicht, was er im nächsten Augenblick sagen oder tun könnte, deshalb schloß sie die Augen. Sie stand, als wollte sie fallen oder fortlaufen; der Augenblick der Entscheidung war gekommen. In der tiefen Stille, die voranging, wurde er selbst beklommen; noch einmal ging ein Umschwung in ihm vor. »Rechtfertige dich, lege alle deine Künste beiseite – tue es jetzt, hier!« –, »Ja«, erwiderte sie bewußtlos. – »Tue es jetzt, hier, sage ich!« Er stieß einen Schrei aus, denn sie flog an ihm vorüber und an den Strand hinab, er sah ihr lichtes Haar, ihre emporgestreckten Hände, ein Halstuch, das sich löste und immer länger hinter ihr her wehte. Er hörte keinen Schrei, auch kein Plätschern, denn dort unten war es tief. Er hörte auch nicht, denn er war rücklings niedergesunken.

Vom Meer her war sie in jener Nacht zu ihm gekommen, im Meer war sie wieder verschwunden und mit ihr die Geschichte ihres Lebens. In der nachtschwarzen Tiefe war alles begraben, was seine Seele besaß – sollte er nicht nach? Er war mit dem unerschütterlichen Willen hierhergekommen, seiner Qual ein Ende zu machen; dies war kein Ende, jetzt konnte es nie kommen, jetzt würde die Qual erst ernstlich beginnen. Ihre letzte Tat schrie ja zu ihm empor, machte ihm den Vorwurf, daß er sich geirrt und sie getötet hätte. Ungeachtet die Qual zehnfach wurde, mußte er leben, um darüber nachzudenken, wie dies zugegangen war. Sie, die fast die einzige war, die in jener fürchterlichen Nacht gerettet wurde, sie sollte nur gerettet werden, um von ihm, der sie gerettet hatte, getötet zu werden! Er, der umhergesegelt war und Handel getrieben hatte, als wäre die ganze Welt nur Meer und Handelsstätte, war plötzlich das Opfer einer Liebe geworden, die sowohl ihn wie sie getötet hatte. War er schlecht? Er hatte es nie sagen hören, es nie selbst gefühlt. Aber was war es dann? Er erhob sich – nicht, um sich in das Meer zu stürzen, sondern um wieder hinabzugehen; niemand tötet sich in dem Augenblick, in dem er sich die Lösung eines Rätsels zur Aufgabe gestellt bat.

Aber es konnte ja nie gelöst werden. Sie hatte, seitdem sie erwachsen war, in Amerika gewohnt, von dort kam sie, als die Fahrzeuge zusammenstießen. Wo sollte er in Amerika mit seinen Nachforschungen den Anfang machen? Aus welchem Teile Norwegens stammte sie? – Er wußte es nicht bestimmt, er war nicht einmal sicher, ob sie ihren wirklichen Familiennamen fortgeführt hatte. Der fremde Schiffer? Ja, wo war er? Und kannte er sie, oder kannte sie nur ihn? Dies hieß das Meer ausfragen, reisen und Nachforschungen anstellen, hieß sich selbst hineinstürzen.

Er hatte sich geirrt. Eine reuige Sünderin würde sich durch ein ihrem Mann abgelegtes Geständnis erleichtert gefühlt haben, eine nicht reuige hätte Ausflüchte gesucht. Aber sie bekannte nichts, sie suchte auch keine Ausflüchte, sie warf sich in den Tod, als er zu heftig in sie drang. Diesen Mut besitzt keine Schuldige. O ja, weshalb denn nicht? Lieber als bekennen, denn das erfordert noch einen größeren Mut. Allein der Mut zu bekennen fehlte ihr nicht; sie hatte ja damit begonnen einzugestehen, daß es etwas gäbe, was sie nicht sagen könnte. Es mußte also das Verbrechen selbst gewesen sein, welches es verbot. Und doch konnte sie an keinem großen Verbrechen zu tragen gehabt haben, denn sie war oft froh, ja ausgelassen, sie war heftig, aber sie war zartfühlend und herzensgut. Das Verbrechen mußte ein anderer begangen haben. Aber weshalb es dann nicht sagen, daß sie unter der Schuld eines andern litte? Damit wäre ja alles vorbei gewesen. Hatte aber weder sie noch ein anderer etwas Unrechtes begangen, was war es dann? Sie hatte ja selbst eingeräumt, es wäre etwas – und der fremde Schiffer, vor dem sie sich so geängstigt hatte? Was war es, was um Gottes willen konnte es sein? – Hätte sie noch gelebt, so hätte er sie noch immer gepeinigt – dessen war er sich klar bewußt, und er fühlte sein großes Elend.

Aber von neuem regten sich die Gedanken in ihm. Vielleicht war sie gar nicht so schuldig, wie sie selbst glaubte, oder vielleicht nicht so schuldig, wie sie anderen erscheinen mochte. Wie oft liegt nicht Unschuld hinter unserer Schuld, Einfalt in der Sünde, wenn es auch so wenige zu verstehen imstande sind – und ihn hatte sie nicht für fähig gehalten, es zu verstehen, ihn, der lauter Argwohn war. Ihm würde eine einzige klare Antwort Veranlassung zu tausend argwöhnischen Gedanken gegeben haben, deshalb hatte sie sich lieber dem Tode anvertraut als ihm! Weshalb hatte er sie nie, nie in Ruhe lassen können? Zu ihm hatte sie sich aus ihrer Vergangenheit geflüchtet, bei ihm hatte sie Schutz gegen dieselbe gesucht, und nun war er es gerade, der sie unaufhörlich hinter ihr her schleppte und auf sie los hetzte! Sie war ihm ja ergeben, sie war an seiner Seite zärtlich und lieblich – was ging ihn denn ihre Vergangenheit an? Und wenn sie ihn anging, weshalb dann nicht gleich? Nein, je mehr ihre Liebe zunahm, desto mehr nahm auch seine Unruhe zu; als sie nicht nur aus Bewunderung und Dankbarkeit, sondern aus innigster Liebe die Seinige wurde, da wollte er wissen, ob sie schon einem anderen angehört und was sie vorher erlebt hatte. Und je weher er ihr tat, je mehr sie um Schonung bat, desto mehr drang er in sie, denn es war ja doch etwas!

Zum erstenmal fiel es ihm ein: Hatte er denn ihr alles gesagt? Ging es wirklich an, einander alles zu sagen? Würde es so aufgefaßt werden, wie es in der Tat war? Gewiß nicht.

Er hörte zwei Kinder spielen und schaute sich um. Er saß in der grünen Laube, von der sie vor kurzem gesprochen hatte, aber erst jetzt gedachte er dessen. Fünf Stunden waren vergangen; ihm waren sie wie Minuten vorgekommen. Vielleicht hatten die Kinder dort schon lange gespielt, jetzt erst hörte er sie. Ach, war das nicht Agnes, die sechs- oder achtjährige Tochter des Pfarrers, die Aasta bis zur Abgötterei geliebt hatte und die ihr so ähnlich war? Gott im Himmel, wie ähnlich war sie ihr! Eben hatte sie ihrem kleinen Bruder auf einen Stein hinaufgeholfen, er sollte den Schüler spielen und sie den Lehrer. »Sprich mir jetzt nach, was ich sage«, begann sie: »Vaterunser!« – »Va uns!« – »Der du bist im Himmel!« – »Himmen!« – »Geheiligt werde dein Name!« – »Heilig Namen!« – »Dein Reich komme!« – »Nein!« – »Dein Wille geschehe!« – »Nein, ich will nicht!« – Botolf hatte sich leise zurückgeschlichen; es war nicht das Gebet, welches ihn ergriff, er achtete nicht einmal darauf, daß es ein Gebet war; aber während er die Kinder anblickte und ihnen zuhörte, wurde er in seinen eigenen Augen zu einem unreinen Raubtier, ausgestoßen aus Gottes und der Menschen Gemeinschaft. Hinter dem Gesträuch zog er sich heimlich zurück, damit ihn die Kinder nicht entdecken sollten. Er war vor ihnen furchtsamer, als er in seinem ganzen Leben vor irgend jemandem gewesen war. Er schlich sich in den Wald hinein, weit fort von jedem Weg und Pfad. Wo sollte er hin? Nach dem leeren Haus, das er für sie gekauft und eingerichtet hatte? – Oder weiter fort? – Das war gleichgültig, denn wohin er seine Gedanken auch richtete, überall stand sie vor ihm. Von Sterbenden sagt man, daß sie in den Augen das letzte Bild bewahren; wer von einer bösen Tat erwacht, nimmt das erste, was er sieht, in sich auf und wird es nimmer wieder los. Es war nicht Aasta, die er sah, wie sie vor kurzem auf dem Felsenrand stand; es war ein kleines unschuldiges Mädchen, es war Agnes. Selbst das Bild der Untersinkenden ward zu dem des Kindes mit den kleinen, emporgestreckten Händen. Die Erinnerung an Aastas unsägliche Liebe zu dem Kinde verwechselte in seiner Seele die Bilder in geheimnisvoller Weise, die große Ähnlichkeit spielte in den monatelangen Zweifel, ob schuldig oder unschuldig, mit hinein. Hatte Aasta ein solches Kind in ihrem Herzen verschlossen getragen? Ja, er hatte es gesehen, oder richtiger, er sah jetzt erst, daß er es gesehen hatte. Vorher hatte er ja bloß darüber nachgedacht, ob dies auch Unschuld war, wenn sie mehreren zulächelte, oder weshalb sie dieses Kind verhüllt in sich trug, da es nur in glücklichen Augenblicken hervorzutreten vermochte. Ein unaufhörlicher Wechsel in ihrer Natur, eine Unruhe mit ewiger Übertreibung, die auch andere zur Übertreibung veranlagte, hatte ihn, als sie noch lebte, angelockt und auch wieder abgestoßen; jetzt, nach ihrem traurigen Tode, vereinigten sich alle Erinnerungen in einem unschuldigen Kinde, welches betete.

Wohin sich auch sein Gedanke, sich ängstlich nach Licht sehnend, wendete, überall begegnete er dem Kinde; es hielt alle Wege zur Nachforschung abgesperrt. Jedes Ereignis in dem kurzen Zusammenleben, von jener Schiffbruchsnacht an bis zu dem Sonntagmorgen am Felsenrand – sobald er eine Frage an dasselbe richten wollte, augenblicklich zeigte sich das Antlitz des Kindes, und diese seltsame Verwechslung ermattete ihn an Leib und Seele dergestalt, daß er nach Verlauf einiger Tage kaum noch etwas Nahrung zu sich nehmen konnte und nach einiger Zeit nicht mehr imstande war, sein Bett zu verlassen.

Ein jeder sah, daß es mit ihm zu Ende ging. Wer selbst ein Rätsel in sich trägt, bekommt ein eigentümliches Wesen, das ihn anderen zum Rätsel macht. Schon von dem Tage an, da er hierherzog, hatte *sein* finstres Schweigen, *ihre* Schönheit und *beider* unbekanntes Vorleben das Geklatsche der Gegend beschäftigt; als die Frau mit einem Male verschwand, wuchs die Spannung bis zu dem Grade, daß das Unglaublichste am liebsten geglaubt wurde. Niemand vermochte eine Erklärung zu geben, da niemand von allen denen, die am Strand und den Berghalden wohnten oder an ihnen entlangfuhren, an dem Sonntagmorgen nach jener Felsenspitze geschaut hatte, als sie sich gerade in hellem Sonnenschein in das Meer stürzte. Auch wurde ihr Leichnam nicht an das Land getrieben, um selbst Zeugnis abzulegen. Es bildeten sich deshalb noch bei seinen Lebzeiten wunderliche Sagen über ihn. Häßlich sah er aus; er lag da mit dem länglichen, hohlen Gesicht, das ein roter Bart und struppiges Haar einrahmte. Die großen Augen blickten daraus wie aus einem mit Gestrüpp umwachsenen See hervor. Da er weder leben noch sterben zu können schien, hieß es, daß Gott und der Teufel um ihn kämpften. Einige hatten gesehen, wie sich der Böse selbst, von Feuerflammen umgeben, bis zu seinem Kammerfenster emporreckte, um ihn zu rufen. Man hatte ihn auch in der Gestalt eines schwarzen Hundes um das Haus herum lauern oder von den Beobachtern wie ein hüpfender Knäuel herrollen sehen. Leute, die vorbeiritten, hatten das ganze Gehöft in Flammen stehen sehen; andere hatten gehört, wie ein Zug lärmend, bellend, heulend aus der See stieg, sich langsam auf das Haus zu bewegte, durch verschlossene Türen hineindrang, durch alle Zimmer hindurchraste und darauf mit demselben Lärm, Hundegebell und Pferdegewieher wieder nach der See zurückkehrte, in der er verschwand. Des Kranken Gesinde, Männer wie Frauen, liefen ohne weiteres fort, und sie sprengten namentlich dergleichen Gerüchte aus. Niemand wagte mehr, sich dem Hause zu nähern. Hätten sich ein paar Kätner, gegen die er immer freundlich gewesen war, seiner nicht angenommen, so wäre er ohne alle Hilfe liegengeblieben. Die alte Frau, die nach ihm sah, war selbst voll großer Angst und Furcht; sie verbrannte Stroh unter seinem Bett, um den Bösen zu verjagen; aber obgleich der Kranke dabei fast verbrannt wäre, wurde er doch nicht erlöst. Er litt unglaublich. Die alte Frau kam endlich auf den Gedanken, er müßte auf irgendeinen Menschen warten. Sie fragte ihn, ob sie den Pfarrer holen sollte. Er schüttelte den Kopf. Gäbe es keinen andern, den er gern sehen möchte? Darauf antwortete er nicht. Am folgenden Tage sprach er, während er noch in demselben Zustand dalag, deutlich den Namen »Agnes« aus. Sicherlich konnte das nicht als Antwort auf die gestrige Frage der Frau gelten, aber die Alte nahm es doch dafür; zufrieden stand sie auf und ging zu ihrem Mann hinaus und bat ihn schnell anzuspannen und Pfarrers Agnes zu holen. Auf dem Pfarrhof glaubten sie natürlich, die Frau hätte falsch verstanden, und der Kranke wünschte den Besuch des Pfarrers, aber der alte Mann blieb fest dabei, Agnes wäre gemeint. Sie saß selbst im Zimmer und hörte es, und ihr wurde sehr angst; denn sie hatte ebenfalls vom Teufel und von dem Zuge gehört, der aus der See gekommen; allein sie hatte auch gehört, daß der Kranke, um sterben zu können, auf jemand wartete, und fand darin gar nichts Sonderbares, daß sie es wäre, die seine Frau ja so oft hatte zu sich hinüberholen lassen. Der Wunsch eines Sterbenden müßte erfüllt werden, sagten sie zu ihr, und wenn sie recht innig zu Gott betete, so würde ihr niemand etwas zuleide tun. Und sie glaubte es und ließ sich anziehen. Es war ein kalter, klarer Abend mit langen, stets zur Seite bleibenden Schatten; die Schellen hallten im Walde wider, es war etwas unheimlich, aber still saß sie da und betete, während sie die Hände in dem Muff gefaltet hatte. Sie sah keinen Teufel, hörte auch nicht den Zug aus der See, an dessen Ufer sie entlangfuhr, aber sie sah die Sterne und das Licht gerade vor sich auf der Anhöhe. Oben auf dem Hofe war es unheimlich still; aber die alte Frau kam sogleich heraus und trug sie hinein und nahm ihr ihren Mantel ab und ließ sie sich am Herde wärmen. Und währenddessen sagte die Alte, sie sollte guten Mutes sein und nur tröstend an ihn herantreten und ihr Vaterunser über ihn beten. Als sie sich gewärmt hatte, nahm die Alte sie bei der Hand und führte sie in das Krankenzimmer. Da lag er mit langem Bart und hohlen Augen und blickte sie groß an; er kam ihr nicht häßlich vor, und sie fürchtete sich nicht vor ihm. »Vergibst du mir?« flüsterte er. Sie merkte, daß sie ja sagen sollte, und deshalb sagte sie ja. Da lächelte er und versuchte sich emporzurichten, blieb aber kraftlos liegen. Sie begann sofort ihr Vaterunser zu beten, aber er machte eine abwehrende Bewegung und zeigte auf ihre Brust, und nun legte sie, weil sie glaubte, daß dies sein Wunsch wäre, ihre beiden Hände auf dieselbe, und er legte augenblicklich seine magere, eiskalte, knöcherne Hand auf ihre kleinen warmen, und dann schloß er die Augen. Da er nichts sagte, als sie ihr Vaterunser gebetet hatte, wagte sie nicht, die Hände fortzuziehen, und fing wieder zu beten an. Als sie dies zum drittenmal tat, kam die alte Frau herein, sah ihn an und sagte: »Jetzt kannst du schließen, mein Kind, denn nun ist er erlöst.«

Eine neue Ferienreise

(1869)

Die Provinzen Nordland und Finnmark sind den Bewohnern der übrigen Landesteile Norwegens, wenn sie dort oben nicht gerade Geschäfte haben, so wenig bekannt, daß man von Dänen oder Schweden nicht verlangen kann, daß sie sie kennen sollen. Gleichwohl fordere ich diese ebenso dringend wie die Norweger auf, während der Ferien zu ihnen hinauf eine Vergnügungsreise zu unternehmen. Aber ich muß zugleich hinzufügen, daß freilich denjenigen, die nur zu einer oder zu wenigen längeren Reisen während ihres Lebens Mittel oder Zeit besitzen, meine Aufforderung nicht gilt, wohl aber den vielen, die Europas Kulturländer schon gesehen haben, die sich nicht nach den großen Städten hin, sondern gerade von ihnen fort sehnen, die nicht mehr nach Zerstreuung jagen, sondern sich einige Monate lang in einer ungewöhnlichen Natur erholen und erquicken wollen. Auch an diejenigen wende ich mich, die ihr Nervensystem wiederherzustellen wünschen und die zu diesem Zwecke eher eine stärkende Seereise als das stickige Badeleben wählen müssen. Allerdings kann eine solche ein wenig Seekrankheit im Gefolge haben, obgleich in der ruhigen Witterung des Sommers doch nur selten; aber teils ist die Seekrankheit eine heilsame Krankheit, teils ist gerade diese Reise die am wenigsten gefährliche, die sich denken läßt, denn mit einigen kurzen Ausnahmen geht die Fahrt fast den ganzen Weg durch die Scheren hindurch; selbst bei starkem Sturm geht das Dampfschiff einen Tag wie den andern ganz still und ruhig; man lebt so sicher wie auf dem Fußboden seines eigenen Zimmers, nur mit dem Unterschied, daß man sich von der stärkenden Seeluft nährt und die großartigste Natur, welche der Norden besitzt, vor Augen hat. Die Engländer haben sie aufzufinden verstanden, jetzt auch die Amerikaner, Franzosen und Holländer. Auf jeden lustreisenden Norweger kommen zehn bis zwanzig Fremde. Die Engländer haben dort oben die besten Lachsfischereien und die besten Jagdreviere gekauft oder gepachtet.

Der alte deutsche Maler Preller, der zu seiner Zeit in Nordland nach Studien für seine historischen Landschaften suchte (ich sah bei ihm gerade eine mythologische Szene, die er in diese Natur verlegt hatte), sagte zu mir:»Wer Meer und Luft und Erde im gegenseitigen Kampf und den Kampf der Menschen mit ihnen allen sehen will, der muß hier hinauf reisen.« Ein Lustreisender wünscht einen solchen vielleicht nicht zu sehen, weil er leicht selbst ein Opfer desselben werden könnte, aber diesen Gebirgsformationen gegenüber kann er bei den Zeugnissen, die die Natur stets abzulegen Sorge tragen wird, ihn ahnen und von den Leuten an Ort und Stelle vollen Bescheid erhalten. Ich erwähne dies, weil die Berichte des Nordländers von seiner Natur und seinem Leben bisweilen zu dem Besten von meiner Reise gehörten; seine Phantasie ist von Gefahr und Einsamkeit großgezogen und mit der Natur verwandt.

Ein deutscher Weltreisender, Alexander von Ziegler, war, wie ich zu meiner Schande bekennen muß, der erste, der in mir die Lust erweckte, diese Gegenden zu sehen. Er nannte drei Stellen in der Welt, die er eine jede in ihrer Art als das Großartigste bezeichnete, was er gesehen hatte, und unter diesen bildeten Nordland und Finnmark die eine.

Die Reise dort hinauf ist am besten so einzurichten, daß man auf der Hin- oder Rückfahrt den Weg von oder bis Namsos über Land nimmt; vielleicht ist es am besten den Weg zu teilen, also bei der Hinfahrt über Land bis Trondhjem, und auf der Rückfahrt über Land von Namsos bis Trondhjem, und von dort aus wieder mit Dampfschiff die Küste entlang nach den romsdalschen Städtchen (unter ihnen das reizende Nolde) und weiter die Felsenküste entlang, wo man dann wieder in Bergen Rast halten kann, um von dort aus dem Hardangerfjord oder einem anderen der vielen Fjorde, zu denen man von Bergen aus auf kleineren Dampfbooten zu reisen pflegt, einen Besuch abzustatten. Um der Mitternachtssonne willen muß man Nordland jedenfalls gegen Ende Juni oder im Anfang des Juli erreicht haben. Man sieht sie auch später noch mit voller Wirkung, aber dann viel weiter nördlich und nur auf hohen oder freien Stellen.

Die Fahrt dort hinauf ist, wie mir scheint, sehr teuer. Wenn die verschiedenen Dampfschiffahrtsgesellschaften über die Herabsetzung der Fahrpreise bei längeren Reisen, also von Schweden und Dänemark bis dort hinauf, ein Übereinkommen träfen und darauf eingingen, daß man unterwegs aussteigen und nach eigenem Gefallen weiterfahren dürfte, so würde dies sicherlich zu ihrem eigenen Vorteil gereichen, denn es kann nicht fehlen, daß in einiger Zeit diese Sommerreise eine der beliebtesten im Norden sein wird. Es kann nicht fehlen; denn so wahr der Nordländer nordische Poesie und Sage liebt, muß er auch lieben eine Natur zu sehen, in der man erst die größten Gesänge der Edda oder die hervorragendsten Handlungen der Sage verstehen lernt. Die Sehnsucht, solche Natureindrücke in sich aufzunehmen, liegt in einem jeden Nordländer, er mag am Meer oder zwischen Bergen wohnen.

Sobald man die Namsoser Bucht, eine der schönsten unseres Landes, die sich zwischen tannenbewachsenen Bergen und weit hervorragenden Landzungen dahinschlängelt, und eine kurze Strecke weiter die Throndhjemer verlassen hat, wechselt auch die Natur. Der höhere Baumwuchs flüchtet in die besser geschützten Fjorde hinein, wo ihn die Meeresstürme nicht brechen können – und auch dem Menschen der Zutritt zu seiner Verheerung nicht ganz ebenso leicht gemacht ist. Denn daß einst die ganze Küste mit großen Wäldern bedeckt war, ist ohne allen Zweifel, ebenso daß die Meeresstürme dafür gesorgt haben, den Rest zu nehmen, den die Menschen ließen. Der Grasgürtel, der sich bis zu dem obersten Teil von Finnmark fortzieht, ist der üppigste, den ich gesehen habe. Dicht wie die Haare eines Renntieres stehen die Grashalme da, schön grün und saftreich durch das salzige Seewasser, das sie besprengt, oft buchstäblich besprengt und immer durch die Vermittlung der Luft. Die Viehzucht ist ein so wichtiger Faktor in dem Leben des Nordländers, daß ihn sogar ein reicher Fischfang nicht ernähren kann, wenn ihm in einem Jahre die Witterung die Bergung des stets üppigen Grases unmöglich gemacht hat. Dieser Umstand ist erfreulich, denn ein Volk, welches seine Nahrung nur aus dem Meere zieht, nimmt zuviel von der Unbeständigkeit desselben an, während die Erde einen Sinn für Treue und Ordnung einflößt.

Die Berge werden schon bei Helgoland schwerer und sind mehr voneinander getrennt, so daß sie schon hier beginnen, sich vereinzelt aus dem Meere zu erheben. Die Berge haben oft eine Art Moosdecke, die sich teils graugrün, teils braunrot bis zum Gipfel hinauf ausbreitet und, wenn die übrige Landschaft kräftige Gegensätze darbietet, unter dem Spiele der Sonnenstrahlen so neue Farbenwirkungen hervorrufen kann, daß sie ein Maler wie Klänge aus fremden Melodien empfinden müßte und – bei der Fähigkeit, sie aufzufangen – eine Gesamtwirkung von hinreißender Schönheit hervorlocken könnte. Man fährt hier an einigen historischen Stätten vorüber, wie zum Beispiel an dem Wohnort Haareks af Tjotta; wie ein langes Schiff, das gerade in das Wasser hinabgleitet, schießt er weit in die See hinaus; man hat eine weite und große Aussicht.

Diesmal war ich auf all den drei Höfen, auf denen die drei Anführer in dem Aufruhr gegen Olav den Heiligen wohnten. Späterhin war ich auf Stiklestad im Värdal selbst, wohin sie ihre Scharen gegen den großen König führten, der daselbst fiel. Tiefer hat mich keine geschichtliche Erinnerung gerührt. Aber bei dem Anblick dieser wunderbaren Landschaft, die hier vor dem Beschauer großartig daliegt und die nämliche ist, die Olav und sein treues Gefolge erblickten, als sie nach langer Abwesenheit über das Gebirge zogen und der Heimat entgegenjubelten, der Heimat, die hier auch in der Tat wert ist, daß ihre Kinder den Heldentod für sie sterben, da dachte ich unwillkürlich an Bjarköj hoch oben in den Lofoten, wo Thorer Hunds ausgedehntes Gehöft von zerklüfteten Felsenreihen, die aber so hoch sind wie seine Seele, und vom Meere umschlossen wird, welches der Höhle des Fuchses mit den beiden Ausgängen auf zwei Seiten Einfahrt und Hafen gewährte; ich dachte an Tjotta auf Haalogaland, wo der listige Haarek im geheimen den Plan geschmiedet hatte, der, als die Zeit erfüllet war, zur Ausführung kam und ihn nach Stiklestad führte, aber weder ihm selbst zum Jarltum verhalf noch sein Geschlecht auf den Thron erhob; ich dachte an Egge in Thröndelag, welches wie ein über den breiten, geduldigen Rücken der Landschaft gelegter Sattel aussah, auf dem Kalf Arneson ritt; er konnte auch den Zügel nach jeder Seite anziehen, nach der er nur wollte, und mochte lange geschwankt haben, welche Richtung er einschlagen sollte, aber schließlich zog er doch nach Stiklestad gegen den König, gegen seine eigenen vier Brüder! Alle diese großen Heimatstätten hatten jedem von ihnen Charakter verliehen. Man kann versichert sein, daß sie bei Stiklestad der Heimat gedachten, für die sie sich schlugen, denn unterlagen sie hier, so unterlagen sie auch dort. Die ehrgeizigen Großen sahen mitten im Rachekampf, mitten in der Erwartung und in der Angst Erscheinungen von den Spielplätzen ihrer Jugend, von den Hünengräbern ihrer Väter vor sich auftauchen; sie sahen plötzlich den Hochsitz im Saale, sie hörten die Klänge eines Liedes ihrer Heimat, und unter ihnen erhoben sich vor ihren Augen die heimatlichen Berge.

Scharen von Eidergänsen, die umherschwimmen, Möwen, welche schreien, Nordlandsboote, die anlegen, Jachten mit einem einzigen großen Rahsegel, denen man überall begegnet, und die anmutigen Küsten mit der beständigen Fernsicht auf hohe Berge und Felsenmassen, machen es zuletzt freundlich, ja fast vertraut, so vollkommen entspricht das eine dem andern, und so gewaltig ist es zugleich; es erobert und hält fest.

Aber dies alles ist nur eine Einleitung auf den Augenblick, da das Lofotengebirge dunkelblau hervorzuschimmern beginnt. Ich weiß nicht, wann es sich am herrlichsten ausnimmt, ob aus der Ferne, sobald man es wie eine einzige tiefblaue Wand mit tausend Türmen gekrönt über dem unermeßlichen Riesenschloß vor sich hat, in das wir gleichzeitig hineingefahren sind, nämlich in den Golf des Westfjords, im hellen Sonnenschein leuchtend, so weit du schaust, aber auch oft durch Luftspiegelungen abgelenkt, die vor dir und hinter dir lange Bergreihen in unaufhörlichem Wechsel auf den Kopf stellen, während Walfische spielen, Vögel schreien und sich auf den Wasserspiegel hinablassen, oder wenn man sich nähert und nun sieht, wie sich die Wand öffnet, jede ihrer Zinnen zu einem besonderen Berg wird, einer immer wilder als der andere, und dies in einer einzigen Reihe, so weit du auch mit dem besten Fernrohr nur immer zu blicken vermagst. Wenn man Romsdal mit den Zauberzinnen, den Ringelzinnen, dem Turme usw. preist, so will ich nur gleich hinzufügen: das Lofotengebirge gibt diese Felsenzinnen viele hundertmal hintereinander – oder besser ausgedrückt: das Gebirgspanorama, welches man bei Molde überschaut, bietet sich hier oben auch bei der schnellsten Dampfschiffahrt den ganzen Tag lang dar. Aber die Gebirgsformationen sind so zerrissen, daß kein Bild in meiner Seele aus dem Kreise der Mythologie oder der Bibel oder der Poesie imstande ist, die versteinerte Bewegung, die ich dort erblickte, die drohende Schlachtordnung, das ruhige Entsetzen, die tausendzackige Mannigfaltigkeit in diesem einzigen Steinguß recht zu bezeichnen. Man kann sich die erste Stunde, vielleicht den ersten Tag wehren und versuchen, auch hier den Maßstab der Schönheit anzulegen, aber wenn es tagelang anhält und immer gleich großartig, ob man sich nähert oder entfernt, dann empfindet man in der toten Natur zuletzt eine Spannung, wie inmitten einer lebenden Handlung. Dies haben auch die empfunden, welche einst die großen Sagen gedichtet haben, sowie die, welche sie jetzt an den Stellen, über denen sie schweben, erzählen; in diesen Sagen nehmen die Berge dramatisches Leben an, treten als Riesen und Riesenmädchen, als Ritter und Jungfrauen auf! Das Großartige darin wird noch größer durch die unübersehbare Entfernung zwischen den Auftretenden in diesem Steindrama. Wer hier oben fährt und träumt und dichtet, betrachtet nämlich Meilen wie Lustfahrten, und in der reinen Luft gewahrt man schon in einer Entfernung von elf, ja dreizehn Meilen Gegenstände, die man in wenigen Augenblicken zu erreichen glaubt. Und das Licht, welches über dieser Sagenwelt strahlt, hört ja nicht auf. Wir sind jetzt da, wo noch vor wenigen Monaten eine einzige Nacht war, aber jetzt herrscht dort nur ein einziger Tag. Auf dem Verdeck versammelt gehen die Passagiere in Erwartung der Mitternachtssonne auf und ab. Man hat behauptet, welche Vorstellungen man auch mitgebracht hätte, so würden sie sich doch unter dem überwältigenden Eindruck des Anblicks selbst völlig verlieren. Und das ist die Wahrheit. Sobald die schwimmende Feuerkugel in voller Größe den Horizont entlanggleitet, wozu die Vorzeichen nur einen Augenblick vorher wahrnehmbar sind, so verwandelt sich Himmel, Gebirg und Meer. Sie selbst kann stundenweise mit bloßen Augen betrachtet werden; es steht da kein hindernder Strahlenglanz um sie; alles Feurige befindet sich innerhalb ihrer Peripherie, aber diese ist auch weit größer, als man sie sich am Tage vorzustellen gewohnt ist, ja, so groß, daß man am Anfang ganz davon ergriffen ist, und noch lange von nichts anderem in gleicher Weise. Endlich tritt die Farbe hervor; die Sonne ist jetzt ein rotglühendes Meteor, von dem man glauben könnte, es wollte in Millionen Stückchen zerschmelzen, wenn nicht die ruhige Hoheit des Schauspiels, die harmonische Farbenpracht am Himmel, an dem es majestätisch vorwärts schreitet, Frieden gäbe, vollen und verklärten Frieden. Wenn ein Wolkenstreifen über die Kugel hinfort gleitet, wird er sofort durchglüht und immer dunkler rot, so daß sich auf der Sonne gleichsam Gebirge und Landschaften abzeichnen. Aber wenn ein Wolkenstreifen an dem farbenfeinen Himmel dahinschwebt, werden bloß die Ränder erhellt, sie erscheinen weiß oder rot glühend, während das Innere Farbe hält und das Ringsumliegende um so mehr hervorhebt. Denn der Himmel zeigt alle Farbenübergänge vom stärksten Blutrot über den Bergen bis zu dem weißlichgrauen Einerlei in der Höhe, und zwar in der Weise, daß du auf keinen einzigen Punkt auch nur so viel wie eine Nadelspitze setzen und sagen kannst: hier geht die eine Farbe in die andre über. Wäre der Anblick nun immer derselbe, so könnte man seiner schließlich vielleicht doch überdrüssig werden. Allein er wechselt unaufhörlich; jetzt ist die Sonne mehr violett und jetzt wieder mehr rotgelb, nun wie mit einem grünen Schleier verhüllt und nun wieder glänzend in hellem Weiß; aber hinter ihren wechselnden Schleiern immer warm, immer rot. Jetzt gleitet ein Nebelstreifen an ihren Rand, in einem Augenblick ist er glühend rot, jetzt ist er vorüber, und nun ist er sonnenhell, jetzt wieder gleicht er einem langen Wolkenstreifen, der zittert und brennt und fortgleitet. Und gleichzeitig wechselt der umgebende Himmel in allen Farbenübergängen, als durchflöge ihn ein unaufhörliches Beben, und je nachdem die Wolken an demselben sich verdünnen oder verdichten, je nachdem sie in die bläulichen, weißen Schichten oder in die roten, violetten kommen, erglühen ihre Ränder stärker, während ihr Inneres weiß oder dunkel wird. Das Schauspiel ist fortwährend so abwechselnd, so neu, daß ich alte Leute dasselbe mit der gleichen unablässigen Aufmerksamkeit habe verfolgen sehen, wie wir es taten.

Eigentümlich wird es auch dadurch, daß der übrige Himmel und die Berge, die unter ihm liegen, regungslos dastehen. Dort herrscht die gleiche unveränderliche Farbenkälte in dem stahlblauen Meere, in dem dunkelgrünen Gürtel am Fuße der Berge, in den tiefblauen Bergabhängen und Bergesgipfeln, während hier alles glüht, strahlt, wechselt, in der Sonne jubelt. Aber nun kann sich dort auch wieder in diesem kalten Tongemälde plötzlich ein einzelner Berg vollkommen loslösen und vom Gipfel bis zum Fuße erglühen; es ist, als hielte dieser Berg seine eigene kleine Sonne hinter sich verborgen. Der Grund liegt einfach darin, daß er von der Sonne erreicht werden kann, und seine Glut hebt die klare Kälte in der Umgebung nur noch stärker hervor.

Einmal, als gerade die Mitternachtssonne am herrlichsten war, ging der Mond auf; er wußte vermutlich nicht, was los war, denn ein traurigeres und zornigeres Gesicht, albernere und unlustigere Grimassen kann kein dem Opiumrauchen ergebener Chinese machen. Mit diesem haarlosen Exemplar der Säuferklasse hatte er überhaupt eine treffende Ähnlichkeit. Daß ein Dichter je Oden an ihn geschrieben, eine Geliebte je schmachtende Blicke zu ihm emporgerichtet habe, war nicht leicht zu verstehen. Wir pfiffen ihn aus, so daß er jämmerlich seine Straße zog, und folgten ihm mit lautem Gelächter. Er war auch merkwürdig zusammengeschrumpft und auffallend klein geworden; er mußte es gewiß selbst fühlen, denn er hielt sich in bedeutender Entfernung.

Der Gebirgscharakter, den die Lofoten haben, verliert sich weiter nördlich, wenn man einzelne Gegenden von wenigen Stunden Umfang ausnimmt, ungefähr wie wir ihn südlich, z. B. im Romsdal, bewundern. Im Lyngenfjord haben wir solche Gegenden wieder, teilweise auch im Balsfjord, vielleicht noch in einigen Fjorden, in denen ich nicht gewesen bin, so wie hier und da längs der Küste, wenn auch seltener. Trotzdem fahren wir beständig zwischen Bergen weiter und sehen nur Berge, bekleidet und unbekleidet, zuweilen grün bis zum Gipfel empor, zuweilen meilenweit den Anblick einer grauen Moosdecke ohne allen Rasen gewährend. Dagegen kann man auch nach Stellen kommen, die zuerst einen äußerst abstoßenden Eindruck machen; steigt man aber eine Strecke höher und sieht sie aus der Ferne, so daß die Formationen und Verhältnisse der Felsen, die tiefe Farbe des Meeres, die Klarheit der Luft ihre Wirkung auszuüben vermögen, so kann der Blick auf das weit ausgedehnte, wilde Land den Beschauer mit der Vorstellung der Unendlichkeit erfüllen, und dann nimmt es sich schön aus. So z. B. Hammerfest. Sobald man von dieser kleinen, aus einem Haufen von Erdhütten zusammengewachsenen Stadt des Tranes nach dem sogenannten »Saale«, einem Berge dicht hinter ihr, hinaufgelangt, liegt die Stadt, sich die Bucht entlangziehend, anmutig und zierlich da. Ihre außerordentliche Tätigkeit zeigt sich auf dem Fjord wie am Ufer in Fahrzeugen, groß und klein, Gestellen zum Dörren der Fische, Tranbrennereien, Booten und Dampfschiffen. Aus dem mehrere Meilen großen Teich, wie die See dem Beschauer hier wenigstens erscheint – eingerahmt von grauen Felsen, hinter denen

Schneegebirge hervorblinken –, steigt außerdem eine Felseninsel mit einer weit hervorspringenden, üppigen Landzunge empor. In der Klarheit der Luft erhält die plumpe Natur einen gefälligeren Farbenton, und in seinem Rahmen wird die menschliche Tätigkeit mit ihr zu einem großartigen Eindruck erhoben. Dies ist die nördlichste Stadt der Welt unter dem 71. Breitengrad. Sonst scheint mir jede nordische Landschaft, im Gegensatz zu den dänischen, wenig Reiz darzubieten, wenn man sie aus unmittelbarer Nähe betrachtet, dagegen desto öfter unendliche Schönheit, aus der Ferne gesehen.

Ferner fesselt mich, wie ich glaube, die nordische Natur durch ihre Eigentümlichkeit, und zwar namentlich die Küste, und hier wieder, je weiter man nach Norden kommt. Um diese Eigentümlichkeit jedoch recht zu erkennen, muß man Beobachtungsgeist besitzen, muß das Leben der Menschen, Vögel und Fische, wie es hier hervortritt, beobachten. Man wird die ganze norwegische Küste entlang ebenso sicher eine Verschiedenheit in Gesichtszügen, Sprache, Benehmen und Kleidung wahrnehmen, wie man schon von Ferne andersartige Bootsformen sich nähern sieht. Das Boot des Nordländers erscheint dem von weit her Kommenden als etwas vollkommen Neues, meiner Ansicht nach als das Schönste im ganzen Land, eingerichtet, wie er es bei den großen Entfernungen dort oben bedarf, nämlich als Schnellsegler und gleichzeitig als Fischerboot, indem es sich leicht wenden und steuern läßt. Die Form desselben ist zugleich stark wie geschmeidig, und etwas Ähnliches scheint mir in dem Charakter des Volkes zu liegen. Man hat den Nordländer träge und schwerfällig genannt, und er wird sich so noch lange zeigen; er ist nämlich argwöhnisch. Ein unmenschlicher behandeltes, mehr ausgeplündertes und vernachlässigtes Volk hat der Norden bis ganz vor kurzem nicht gehabt. Man fühlt sich empört, wenn man von den Beamten und Verordnungen zur dänischen Zeit, von den Erpressungen der Bergener Kaufleute bis zu unserer Zeit hinauf sowie von ähnlichen Betrügereien der Handelsleute auf dem Lande vernimmt. In Nordland und Finnmark war ein so konsequent durchgeführtes Plünderungssystem wirkliches Herkommen geworden, daß sogar Peter Daß in seiner »Trompete des Nordlands« oft Schilderungen von Mißbräuchen und Aussaugungen gibt, die er selbst nicht als solche auffaßt.[1] Aber der Nordländer, des Landes erster Fischer, sein mutigster, unverdrossenster Seemann, ist nicht träge. Sieh ihn im Boote – ein jeder muß nach seinem Stande und Berufe beurteilt werden! Nicht allein ist er ein gewaltiger Ruderer, ein schneller Auslader, sondern seine Bewegungen beim Hissen der Segel oder beim Manövrieren sind mehr als schnell, sie sind leicht, sind schön. Rede dann mit ihm! Was hat er nicht gelesen und überlegt, wie leicht folgt er nicht, wenn du erzählst! Zwar ist er gegenwärtig wohl sehr in allerlei Kannegießereien vertieft, aber teils ist dies nicht zu verwundern, wenn man seine Vergangenheit kennt, teils muß man Gott dafür danken, wenn der Nordländer von dem Regiertwerden dadurch so leicht zur Selbstregierung hinübergelangt, daß er in fröhlichen Vereinen einige fremde Eier aufwärmt, die schon während des Brütens faul werden müssen und die er selbst deswegen zuerst fortwerfen wird. Hierbei wird ihm auch sein Beamtenstand beistehen; er ist jetzt im allgemeinen der Gegensatz des früheren.[2] Der gegenwärtige Beamtenstand wird zum größten Teil von jungen Männern gebildet, die sich dem Volke mit Leib und Seele anschließen. Diese Gegenden haben das an sich, daß sie die dorthin Gezogenen vollkommen bezaubern, die von dort versetzten Beamten reden von ihrem Aufenthalt dort oben im Norden stets wie von ihrer schönsten Zeit. Im Bunde mit dem Volke werden die jungen Beamten bald sein Vertrauen gewinnen; viele unter ihnen besitzen es schon. Die zähe Naturkraft im Volke selbst, welches jahrhundertelange Kränkungen ertragen hat, abgehärtet wie es war

---

[1] Jeder Besucher des Nordlands muß die von Peter Daft geschriebene »Trompete des Nordlands« besitzen, sie aber erst bei der Rückreise lesen, wenn er selbst einen Begriff davon bekommen hat, wie unvergleichlich wahr sie ist.

[2] Zur Charakterisierung einzelner Mitglieder der früheren Beamtenwelt will ich folgendes erwähnen: Bald nachdem Norwegen ein selbständiges Land geworden war, wurde ein dänischer Pfarrer als Trunkenbold abgesetzt, der im Zorn darüber, daß ihm der Storting keine Pension gab, die norwegische Verfassung einen Lumpenkerl nannte; er hatte sie für einen Mann gehalten! – Noch vor wenigen Jahrzehnten gab es in Finnmark einen Pfarrer, der den Küster von der Kanzel eine Predigt aus einer Predigtsammlung vorlesen ließ, während er selbst bei den Handelsleuten auf dem Lande saß und Karte spielte. Kurz vorher lebte in Nordland, der in seiner Haustür ein Gitterfenster anbringen ließ, damit die Bauern durch dasselbe mit ihm reden könnten, und wenn sie ihm die Hand geben wollten, reichte er ihnen einen Stock heraus, den sie drücken sollten.

durch den Kampf mit dem Meer und das Glückspiel um Gut und Leben, wogegen jene Quälereien doch nur halblächerliche Geringfügigkeiten wurden – diese erprobte Naturkraft wird jetzt unter der Fürsorge des Stortings, dessen Schoßkinder Nordland und Finnmark geworden sind, diese Gegenden einer großen Zukunft entgegenführen. Lappländer und Finnen bilden bekanntlich einen Teil der Bevölkerung. Erstere sind ein starkes, tüchtiges Volk, gute Seehundsjäger, Walroßfänger und Heringsfischer, aber auch Landwirte. Wenn sie in der Ehe mit norwegischen Männern und Frauen diese stets dahin bringen, lappländisch zu reden, so rührt dies nicht, wie man geglaubt hat, von ihrer Überlegenheit her, sondern im Gegenteil davon, daß es dem Lappländer eine physische Unmöglichkeit ist, norwegisch zu sprechen, wenn er nicht von Kindheit an daran gewöhnt worden ist. Man kann sich an Ort und Stelle davon überzeugen. Ein gutes Schulwesen sorgt jetzt dafür, daß die Kinder Norwegisch lernen, und es ist eine Erfahrung, daß die, welche einmal Norwegisch gelernt haben, es auch zu ihrer Umgangssprache machen.

Die Finnen sind natürlich die, nach denen man am meisten sieht und am meisten fragt, von dem Augenblick an, da der erste Finne an Bord gekommen ist, in seinem grauweißen, wollenen Kittel mit einem roten Saum und von einem Gürtel zusammengehalten (im Winter trägt er einen Renntierpelz), mit seiner eigentümlichen Fußbekleidung und seiner sonderbaren Kopfbedeckung. Sie sind fast alle klein, äußerst freundlich, gesprächig, voller Phantasie und Gefühl. Viele von den Finnen an der Küste kleiden sich wie Norweger und werden im Laufe der Zeit vielleicht völlig in ihnen aufgehen. Die Finnen im Gebirge halten sich dagegen ganz für sich selbst; während sie einst alles Land dort oben besessen haben, sind sie jetzt nach dem Hochgebirge zurückgedrängt, kommen auch dort mit den Eingewanderten oft in Streit und hegen im allgemeinen einen tiefen Groll gegen die Norweger. In ihren Märchen vom Teufel erscheint er stets als Norweger gekleidet. Trifft ein Norweger im Gebirge ohne Begleitung mit einem Finnen zusammen, so wird er unfehlbar niedergeschossen; dies wurde mir von mehreren Seiten bestätigt und namentlich von einem Finnen, der mir viele Aufklärungen über diesen merkwürdigen Volksstamm gab, zu welchem er infolge seiner Bildung und Stellung nicht mehr gerechnet werden konnte, den er aber noch immer liebte. Welche Ausdauer hat nicht dieses Volk, welches den größten Teil seines Lebens im Schnee, im Kampfe mit Wölfen und den Elementen zubringt! Den größten Teil des Jahres auf Wanderungen nach verlaufenen oder gestohlenen Renntieren, auf Schneeschuhen, solange der Schnee liegt, und dann unter unaufhörlichen Anstrengungen im Urwald oder auf ungebahnten Wegen hat sich der Gebirgsfinne einen eigentümlichen Gang mit gespreizten Beinen und schwankenden Knien angewöhnt; er scheint mehr dahinzugleiten als zu gehen. Die langen Wege, die er mit unverminderter Geschwindigkeit und oft mit schwerer Last auf dem Rücken zurückzulegen vermag, kommen unglaublich vor, ebenso, daß er vierundzwanzig Stunden hintereinander gehen kann, ohne der Ruhe zu bedürfen. Speise trägt er unter seinem Kittel auf der Brust bei sich, nämlich ein Stück Renntierfleisch und Brot. Wenn er auf seinen Schneeschuhen einem Wolf auf die Spur gekommen ist, setzt er ihm nach, bis er ihn erreicht. Der Wolf flüchtet sich den Berg hinab, aber der Finne ist auf seinen Schneeschuhen schneller, und nun geht es bergauf, bergab, oft tagelang; der Finne ißt, der Wolf kann weder fressen noch rasten; er kann so müde werden, daß er sich auf die Erde niederlegt und wie ein Hund nach dem Finnen schnappt, und dann wird er erschossen oder ganz einfach mit dem Schneeschuhstab erschlagen. Zehn Taler erhält dann der Finne als Schußgeld und außerdem den Wert des Pelzes. Ein Wolf, den der Finne aufspürt, kann ihm auf dem Schnee nie entgehen. Nichtsdestoweniger ist der Wolf sein schlimmster Feind. Er erscheint gern bei trübem Wetter und im Dunkeln; die Renntiere stehen in Schneefurchen, die sie des Mooses wegen aufgescharrt haben, sie stehen Seite an Seite, oft in Reihen von Hunderten, alle das Hinterteil in die Höhe gerichtet und den Kopf und das Vorderteil in die Aushöhlung hinabgebeugt, also außerstande, Witterung zu erhalten. Dann kommt der Wolf, und in einem Sprung ist er auf dem Rücken des fettesten Renntieres; ehe noch die Hunde, die ebenfalls getäuscht werden können, den Finnen zu wecken vermochten und es ihm gelungen ist, mit seiner Flinte aus der Erdhütte hervorzukriechen, ist die Herde zerstreut, und es kostet oft wochenlange Mühe, sie zu sammeln – wenn überhaupt alle Tiere je wieder gesammelt werden; denn die fremden Renntiere, die in die Herde eines Finnen geraten, werden gewöhnlich sofort geschlachtet, und wenn der Eigentümer kommt, ist nichts zu sehen. Selbstverständlich übt er Vergeltung, sobald er kann. Aber er kann es nicht immer.

Der Finne lebt vortrefflich. Das Blut des Renntieres, aus dem er Suppe kocht, sowie dessen Fleisch und Milch sind eine so fette und kräftige Nahrung, daß sie nicht alle von uns genießen können, selbst wenn wir sie auf unsere Weise zubereiten. Wenn das Essen aufgetragen wird, setzt man zugleich Mehl und Salz vor; man bereitet sich dann sein Brot selbst und bäckt es auf der eisernen Herdplatte. Ich erzähle von dem Finnen so viel, weil ich selbst nie müde werden konnte zu fragen und voraussetze, daß es anderen Reisenden ähnlich ergehen wird. Die Beamten dort oben haben die Finnen gern und erzählen viel von ihnen. Eine Reise nach dem Gericht geht dort im Norden oft in pfeilschneller Fahrt mit Renntieren über unwirtliche Berge hinweg. Der Führer fährt voran, hinter ihm der Reisende, dann ein Renntier mit dem Gepäck; letzteres ist oft ein ungezähmtes Tier und wird, damit es nicht fortlaufe, an den Schlitten des Reisenden angebunden, was oft die köstlichsten Szenen zur Folge hat. Die Fahrt ist schon aus dem Grund gefährlich genug, weil auch das bestgezähmteste Renntier doch immer ein wildes Tier bleibt, welches, sobald es müde ist, auf Mann und Schlitten losschlägt – sich selbst hinten aufstellt, wenn es abwärts geht, und überhaupt alles erst nach Aufgebot vieler Künste tut. Der Schlitten fällt einmal nach dem andern um, aber der Zaum ist fest um den Arm gewickelt, das Tier muß folglich warten, und die Pelzkleidung schützt gegen den Schnee; deshalb nur wieder hinauf – einiges Zureden, und dann wieder weiter.

Allein ich kann nicht aufhören, von den Finnen zu erzählen, ohne noch der Else Marie Schancke in Tanen zu erwähnen, über die ich von vielen Seiten Mitteilungen erhielt, seit ich erst fragen gelernt hatte. Sie wurde von allen Finnen rings auf den Bergen umher »Mutter« genannt und ist ihnen auch in Wahrheit eine Mutter gewesen! Mit einem reichen Kaufmann verheiratet, gab sie ihr und ihres Mannes Vermögen den Finnen und widmete den größten Teil ihres Lebens der Sorge für dieselben, obgleich sie Mutter von zwölf Kindern war und einem großen Haushalt vorstand. Ich will unter vielen ein Beispiel erzählen: Eines Abends vor dem Heiligen Abend, als Else Marie gerade in einem großen Kreis von Verwandten und Gästen das Essen vorlegte, trat ein Finne in das Zimmer und bat sie mit Tränen in den Augen, ihn zu begleiten, obgleich der Weg bis zum Gebirge weit war und Unwetter herrschte; seine Frau hätte zwei Tage in Kindesnöten gelegen; wenn »Mutter« nicht mit ihm gehen wollte, so gäbe es für sein Weib keine Rettung. Sowohl ihre Kinder wie die Gäste sagten ihm, daß eine Frau von zweiundsiebzig Jahren sich nicht bei Anbruch der Nacht und in einem solchen Unwetter nach dem Gebirge begeben könnte, am allerwenigsten bei einem so weiten Wege. Aber der Finne kannte die Mutter; er hielt sich an sie selbst und flehte Gott an, ihm bitten zu helfen. Da erhob sich die Greisin, einer mußte ihre Schneeschuhe holen, ein anderer ihren Pelzrock, während sie selbst Essen und Medizin zusammenpackte und die Tracht einer Finnin anlegte; sie begleitete ihn darauf in Schneeschuhen bei vollem Schneetreiben! Sowohl diese Nacht wie den folgenden Tag blieb sie fort; sie hatten sich bereits um den Weihnachtstisch versammelt und gerade nicht mit frohen Gedanken, als sie plötzlich in das Zimmer trat, grüßte, gegrüßt und umringt wurde. Aber sie achtete auf niemand, erteilte kurze Befehle, verlangte bald warmes Wasser, bald Milch, bald eine kleine Kiste, in welcher Zucker gewesen war, und als sie alles erhalten, langte sie aus dem Busen ein kleines Bündel hervor, wickelte es auseinander, und nun lag ein zartes Kind darin, in ein weiches Hasenfell gehüllt. »Dieses hat mir Gott gegeben, denn die Mutter ist tot.« Sie fütterte die Kiste mit dem Hasenfell aus, suchte Betten und Wäsche zusammen und legte das Kind, gewaschen und schön angezogen, hinein. Diese Kiste stand von nun an vor ihrem Bett; sie pflegte das Kind unermüdlich und trug es überall mit sich herum. Das Kind war, wie sie selber sagte, »ihr Herzenskind«. Aber in einem Alter von sechs Jahren kam es im Feuer um. Sie suchte da selbst die Gebeine desselben in dem Aschenhaufen, legte sie in dieselbe kleine, mit dem Hasenfell gefütterte Kiste, in welche sie zuerst das Kind gelegt hatte, und begrub es. Bei dieser Gelegenheit äußerte sie:»Ich hätte gegen meine eigenen zwölf Kinder eine bessere Mutter sein können. Hieß es nun nicht Gott versuchen, noch das dreizehnte nehmen zu wollen?«

Übrigens werden auch reiche, wohltätige Finnen genannt, die von ihren oft mehrere tausend Renntiere zählenden Herden einzelne Stücke den ärmeren Brüdern abgeben, ja sie wohl ganz unterhalten. Aber die Bewohner Nordlands, mögen sie nun Norweger, Lappländer oder Finnen sein, sind wohlwollende, freundliche Leute. Was die Menschen gewöhnlich davon abhält, es zu sein, alle die tausenderlei Rücksichten, die verschiedenartigen Geschäfte, das zerstreute Wesen, denen alles ungelegen und verdrießlich ist – alles dies findet sich hier seltener. Die Menschen sind unter so gleichmäßigen Verhältnissen fröhlich miteinander; in einer so großen Natur und so gefahrvollen Tätigkeit, in einer so langen Finsternis und einem so starken Lichte keimen tiefere Gedanken.

Kein Reisender möge versäumen, an Bord eines russischen Schiffes zu gehen, von denen es in Tromsö und Hammerfest wimmelt. Anstatt der elenden Jachtschiffe, deren sie sich früher auf ihren Fahrten bedienten, haben sie jetzt schöne Schoner und Briggs. Kann man einen Kaufmann zum Begleiter bekommen, der Russisch spricht (und die Kaufleute dort oben pflegen fast ebenso oft Russisch zu sprechen wie die norwegischen Spanisch,[3] so ist man eines ausgezeichneten Empfanges sicher; man wird mit dem vorzüglichsten russischen Tee, mit Wein usw. bewirtet. Die Russen sind ein gutmütiges, freundliches Volk; zweifelt man, so beobachte man sie, wenn sie einen fröhlichen Tag haben; zweifelt man, so höre man sie singen und zu ihren Liedern tanzen, alt und jung durcheinander. Es findet sich immer ein Vorsänger, den die andern im Chor begleiten, oft mit großer Fertigkeit. Man kann hören, daß diese Lieder jahrhundertealt sind, und man kann gleichfalls hören, daß sie diese ganze Zeit lang im Herzen des Volkes gelebt haben, denn alle singen sie ohne Spur von Dressur, Lieder von einem halben hundert Versen, ganz wie man aus einem Brunnen herausschöpft, mit der beständigen Gewißheit, daß in ihm noch immer mehr zu finden ist. Man erzählte uns, daß alle diese Lieder von Liebe handelten; aber Rußlands und des Zaren Namen kamen stets darin vor – die Vaterlandsliebe wehte durch den Gesang. Ist das so wunderbar? Wie töricht ist es doch gewesen zu wähnen, daß die Russen ein Haufen Halbwilder wären, die man wie Pferde in den Kampf führte und die ohne Gedanken und Gefühle, bloß auf des Zaren Befehl, lebten, kämpften und in den Tod gingen! Können so große Dinge von Sklaven und Tieren ausgerichtet werden? Die Russen haben sich

---

[3] Viele der Kaufleute dort oben verstehen auch Finnisch und Lappländisch, so daß sie bedeutend mehr Sprachkenntnisse besitzen, als alle Kaufleute haben müssen.

iahrhundertelang ein Nationalgefühl aus der großen Zeit des Kampfes bewahrt, aus der die Sagen und Volkslieder hervorgegangen sind. Es war die sich im Glauben und im Liede aussprechende Sehnsucht der Russen, die den Zar Peter auf den Thron setzte, Suwarow zum Siege führte, Nikolaus verteidigte und für ihn in den Tod ging und Alexander das Adelsgesetz der Freiheit eingab. Deshalb sind die Russen so furchtbar gewesen, weil sie mit einem lebendigen Gott in ihrem Herzen und einer lebendigen Vaterlandsgeschichte in ihren Liedern gegen den Feind zogen, was eben ihren »zivilisierten« Gegnern oft fehlte. Hierdurch erhält man auch ein Verständnis ihrer »Disziplin«, die Moskau verbrannte, die Schiffe im Hafen von Sebastopol versenkte und Hunderttausende von ihnen auf alle Schlachtfelder Europas legte.

Vielleicht habe ich mich beiden Völkern, die man auf dieser Reise trifft, zu lange aufgehalten; ich bitte, daß man es in diesem Falle nur wie Gedanken auffassen wolle, wie sie einem Reisenden unterwegs aufstoßen; dieselben Gedanken werden sich in unvermeidlicher Reihenfolge bei jedem einzelnen einstellen.

Unablässig spielt aber auch die Tier- und die Pflanzenwelt in das Schauspiel hinein. Ein Walfisch taucht auf, spritzt und wälzt sich. Der Feind des Walfisches ist der Schwertfisch, der ihm sein Schwert in die Seite stößt, so daß er, vor Schmerzen wild, oft gerade auf das Land zuschwimmt. Wir sahen einen Walfisch, der verwundet sein mußte; denn er schoß heftig in die Höhe, ellenhoch über den Meeresspiegel; er stieß so gewaltige Töne aus, daß sich alle auf dem Verdeck umwandten und ihm zuriefen., Bei solchen Gelegenheiten bekommst du von den Fischern und Kaufleuten, die sich an Bord befinden, zahlreiche Erzählungen zu hören, Erzählungen von den großen Fischereien dort oben, wenn Tausende von Booten beisammen sind. Wenn die Fische, namentlich die Heringe, so dicht stehen, daß die Boote in die Höhe gehoben werden und man sie mit den Händen herausschöpfen kann, oder Erzählungen von den großen Stürmen, welche die Boote meilenweit fortjagen; an den Orten, zu denen sie hingetrieben werden, geschieht dann ein Überfall von erfrorenen und ausgehungerten Menschen, welche die Schutzhäuser und Küchen plündern; sie können oft nicht warten, bis die Grütze, welche sie sich im größten Topf des Hauses kochen, aufgetan wird, sondern sie umringen den Topf, essen mit den Fingern und trinken Wasser dazu! Weiter bekommst du von Schiffbrüchen und jammernden Schiffbrüchigen auf einzelnen Balken zu hören, von heidenmäßigen Rettungsversuchen, die aber oft nur Trümmer zu Trümmern und Jammernde zu Jammernden fügen. Dann erfährst du die große Geschichte dieser großen Natur.

Aber mitten unter den Erzählungen schwimmen einige Eidergänse zutraulich vorbei und mit ihnen ihre freundliche Geschichte. Die Eidergans ist des Nordländers Liebling; sie ist auch so zahm, daß sie oft in die Häuser hineingeht und ihr Nest unter dem Bett, ja selbst auf ihm baut, in welchem Fall die Bewohner ausziehen, um dem Gast Ruhe zu gewähren. Die Eidergans will während des Brütens gern geschützt und bedeckt sein, weshalb man für sie aus Brettern und alten Booten kleine Verstecke einrichtet; gibt es auf dem Hofe Katzen oder Hunde, so werden diese fortgeführt. Die Leute können die Gans aus dem Nest nehmen und hochheben; die Federn, die sie um sich streut, sind ihr reicher Dank für Wohnung und Pflege. Aber Raben, Krähen und Möwen beobachten sie, wenn sie auf einen Augenblick nach dem Strand hinabwatschelt, um zu schwimmen und mit dem Gänserich zu plaudern, der dort mittlerweile auf der Wacht liegt. Haben sie nun dadurch, daß sie der Gans bei ihrer Rückkehr nachgehen, das Nest ausfindig gemacht, so stehen sie auf der Lauer, bis sie sich das nächste Mal erhebt; sie wollen nämlich die Eier aussaugen. Aber die Eidergans ist schlau; sie bleibt so lange liegen, bis diese in ihrer Ungeduld auf sie losbeißen und -hacken; dann schreit sie, der Gänserich hört es und kommt herbeigehüpft; jetzt erhebt sich ein gewaltiger Kampf. Gelingt es ihm nur, einen der Räuber zu packen, so zerrt er ihn unter entsetzlichem Geschrei, vor dem die anderen die Flucht ergreifen, rücklings und Schritt für Schritt bis an die See hinab; er ist ungelenk und schwerfällig, aber er ist stark, und nun taucht er den Spitzbuben so lange unter, bis ihm das Leben entflohen ist. Wenn die Eidergans ihre Jungen ausgebrütet hat, macht es ihr große Mühe, sie an den Strand hinabzubekommen, den ganzen Weg von den Raubvögeln verfolgt und in der Not von ihrem starken Freunde unterstützt; aber hat sie sie erst wohlbehalten in das Wasser bekommen, so verläßt der Gänserich sie wie die Jungen, schwimmt dem Meer zu und geht mit Tausenden von Kameraden draußen an den äußersten Scheren auf Abenteuer aus. Sie kämpft für seine und ihre Kinder weiter. Verliert sie die Jungen in diesem stillen, heimtückischen Wasser, das sie leider noch nicht verlassen darf, so schwimmt sie dem Treulosen nach und teilt mit ihm die Gefahren des Meeres.

Während du so auf die Erzählungen von der Eidergans oder von jenem dummen Vogel lauschest, der sich mit der Hand fangen läßt, oder von der *Raubmöwe*, die nur von dem Raube lebt, den andre Vögel fangen und den sie sie loszulassen zwingt – hat das Dampfboot einen Schwarm Möwen und Meerschwalben aufgescheucht, und wir befinden uns wie in einer Schneewolke. Die flimmernden, beschwingten Schneeballen, die zu Millionen[4] einander kreuzen, sich erhebend, senkend, schreiend, lärmend, wie in dem dichtesten Maschennetz, gewähren in der Tat ein so heiteres Bild, wie es Gottes Sonne nur je beschienen hat. Doppelt wohltuend ist es in einer so großen, aber auch erdrückenden Natur, wo hier und da eine baumlose Fläche nackte Häuser trägt und sich meilenweit keine andere Spur von Leben zeigt.

In den tiefen Fjördtälern, wo der Segen des Golfstromes nicht in den leeren Raum verdunstet, wo die Sonnenstrahlen von den Felsenwänden aufgesaugt werden, die sie wieder über alles, was sich ihres Schutzes erfreut, ausatmen – da wachsen Bäume, da grünen Wiesen, da gedeihen Gewächse bei dem steten Sonnenlicht des Nachts wie bei Tage, daß sie in drei Monaten höher aufschießen als irgendwo anders in fünf, und dort sieht man eine Vegetation wie in Norwegens fruchtbarsten Talsenkungen. Nur das, was südlich ein Wachstum von sechs Monaten verlangt, wie feineres Obst, kann dort nicht reifen; denn dieses ist wohl zu bemerken – unter dem 70. und 71. Breitengrad, also vielleicht das größte Wunder in diesem Land des Nordens. Als ich im Lyngenfjord stand und nicht genau darauf achtgab, was für Bäume und Früchte es waren, die hier so üppig wuchsen,[5] konnte die Üppigkeit und Form der Natur, die Lichteffekte über Fjord und Berge mich zu dem Glauben verleiten, daß ich in Italien stände; die Schneeberge im Hintergrunde konnten diesen Eindruck nicht stören, denn solche erblickt man oft in Italien.

---

[4] Buchstäblich genommen! Ein deutscher Gelehrter hat durch Berechnung einzelner Quadrate in den Schwärmen bis zu sechs Millionen herausgerechnet.

[5] Roter Wein wächst z. B. im Lynger Pfarrhof im Freien.

In dem Fahrwasser selbst trifft man bisweilen auch auf eine freundliche Schönheit mitten in der großen, wie sie z.B. die breite Einfahrt nach Tromsö darbietet. Eingerahmt von hohen Schneebergen, die aber am Fuße eben und anmutig weit in den Sund hervorspringen, tritt die Landschaft mit Gehöften und grünen Wiesen dem Beschauer entgegen; die Stadt liegt unterhalb einer bedeutenden, mit Birkenwaldungen bedeckten Anhöhe, aus denen viele Sommerhäuser mit ihren wehenden Flaggen hervorschimmern. Steht man oben in einer dieser Sommerwohnungen, so wird das Schauspiel noch größer, aber die Stadt in der Tiefe nimmt sich in der großen Natur klein aus; von allem, was Leben gibt, fühlt man sich angenehm berührt. Gehst du durch den Garten, so duften die Blumen mit dem feinen Arom des Nordens, und schlägst du einen Richtweg durch den Wald nach einem andern Hause ein, so grüßen Gräser und Birken auf gleiche Weise. Vor deinem Fuße fliegt ein Volk Schneehühner nach dem andern auf; diese buntgefleckten Vögel mit den weißen, kurzen Hälsen und dicken Federsocken gehen bis an die Häuser heran.

Während ich jetzt diese Schilderung schließen muß, die, wie ich dachte, zu einer neuen Lustreise ermuntern, ein Weckruf für alle Reisende des Nordens sein sollte – fließen alle Bilder vor mir in ein einziges zusammen. Ich habe es schon angedeutet, als ich sagte, daß die Natur Norwegens in der Perspektive am schönsten ist.

Ich sehe es in der Perspektive der Zukunft. Norwegen ist in der Gegenwart nicht immer reich – ungerodet, unfertig, wie es dasteht; aber aus dem Unfertigen schießt eine Zukunft empor. Das Symbol ist dem Lande gegeben, daß diese Gegenden, die im Grauen unserer Geschichte mit großen Geschlechtern und gewaltigen Taten dastanden, wieder aufflammen in der aufgehenden Sonne.

Als einen letzten Genuß von dieser Reise muß ich doch noch den anführen, daß wir nach wochenlanger Fahrt zwischen Bergen wieder zwischen niedrigen Waldrücken dahinfuhren, große Getreidefelder und geschützte Häuser sahen, daß wir in den Sund bei Namsos einlenkten und uns unter dem fröhlichen Volk Overhaldens mit ihren schnellen Pferden zwischen Höfen in dem berühmten Korn- und Waldland umhertummelten. Will man es tun – dann über Snaasen nach Stenkjär und nicht den anderen (gewöhnlichen) Weg.

Von Stenkjär nach Levanger ist in seiner Art das schönste Stück unseres Landes, aber es muß im Sonnenschein gesehen werden. Hier heimeln uns die angebauten Felder an, der Aufenthalt in dem Großen und Wilden hat die Fähigkeit, das Ebene, Fruchtbare, Anmutige zu verstehen und zu lieben, gestärkt, ja verdoppelt.

Der Bärenjäger

(1857)

Einen Knaben, der sich besser auf das Lügen verstand als der älteste Sohn des Pfarrers, gab es kaum in der ganzen Gegend; auch zum Lesen war er äußerst schnell bei der Hand, das verstand sich ja von selbst, und was er las, wollten die Bauern gern hören; wenn es nun aber etwas war, woran sie Gefallen hatten, so log er auch noch etwas auf eigene Hand hinzu, so wie sie es seines Bedünkens gern haben mochten; am liebsten erzählte er von starken Männern und Liebe mit tödlichem Ausgang.

Bald fiel es dem Pfarrer auf, daß das Dreschen auf der Tenne immer kürzere und kürzere Zeit andauerte; als er nach der Ursache sah, stand Thorwald da und erzählte Geschichten. Bald wieder wurde wunderbar wenig Holz aus dem Walde angefahren; er begab sich hin, um nachzusehen, und da stand abermals Thorwald und erzählte. Dies muß ein Ende haben, dachte der Pfarrer; er brachte den Knaben in die Schule.

Sie wurde nur von Bauernkindern besucht, aber der Pfarrer fand es zu teuer, sich für den Knaben allein einen Hauslehrer zu halten. Allein Thorwald befand sich noch nicht acht Tage unter ihnen, als ein Schulkamerad totenblaß ankam und erzählte, er wäre den Unterirdischen dort auf dem Wege begegnet; ein anderer kam noch bleicher und sagte, er hätte leibhaftig gesehen, wie ein Mann ohne Kopf nach dem Landungsplatz hinabgegangen wäre und sich dort mit den Booten beschäftigt hätte und was noch schlimmer als alles andere war: der kleine Knud Pladsen und seine kleine Schwester kamen eines Abends, als sie nach Hause gehen wollten, fast wahnsinnig vor Schrecken zurückgelaufen, weinten und sagten, sie hätten oben im Pfarrwald den Bären gehört, ja, Klein Marit hatte sogar seine grauen Augen funkeln sehen. Nein, nun wurde aber der Schulmeister, muß man wissen, schrecklich böse, schlug mit dem Lineal auf den Tisch und fragte, was zum Teufel – Gott verzeihe mir die schwere Sünde – die Jungen denn mit einem Male anfechte.

»Der eine wird hier immer närrischer im Kopfe als der andere«, sagte er; »in jedem Busch kriecht eine Waldfrau, unter jedem Boot sitzt ein Meermann und nickt – der Bär geht in der Mitte des Winters aus. Glaubt ihr nicht mehr an Gott und Christentum«, sagte er, »oder glaubt ihr an lauter Teufeleien und an die unseligen Mächte der Finsternis und daran, daß der Bär mitten im Winter spazierengeht?« Aber nach und nach wurde er ruhiger und fragte Klein Marit, ob sie wirklich nicht heimzugehen wagte. Die Kleine schluchzte und weinte und meinte, das wäre rein unmöglich; der Schulmeister erwiderte darauf, daß Thorwald als der größte der noch Anwesenden sie durch den Wald begleiten sollte. »Nein, er hat selbst den Bären gesehen«, sagte weinend Marit; »er war es ja, der es erzählte.« Thorwald duckte sich auf seinem Platz zusammen, besonders als ihn der Schulmeister anblickte und das Lineal zärtlich durch die linke Hand zog. »Hast du den Bären gesehen?« fragte er ruhig. – »Es ist wirklich wahr, daß der Großknecht, als er auf der Schneehuhnjagd war, oben im Pfarrwald auf ein Winterlager von Bären stieß«, entgegnete Thorwald. – »Hast du denn den Bären gesehen?« – »Es war nicht einer, sondern es waren zwei große, und vielleicht auch noch zwei kleinere, denn die Alten pflegen immer die Jungen von dem vorhergehenden und dem letzten Jahre bei sich in der Höhle zu haben.« – »Hast du sie denn gesehen?« wiederholte der Schulmeister noch sanfter und strich und strich das Lineal. Thorwald schwieg einen Augenblick. »Ich sah doch den Bären, den der Jäger Lars im vorigen Jahre erlegt hatte.« Jetzt trat der Schulmeister einen Schritt auf ihn zu und fragte so sanft, daß dem Knaben angst wurde: »Hast du die Bären oben im Pfarrwald gesehen, frage ich?« – Nun antwortete Thorwald nicht mehr. »Vielleicht fällt dir ein, daß du dich diesmal geirrt hast?« fragte der Schulmeister, packte ihn am Rockkragen und stellte sich mit dem Lineal ihm zur Seite. Thorwald sagte nicht ein Wort, die andern wagten gar nicht hinzusehen.

Da sagte der Schulmeister ernst: »Es ist schlecht von einem Pfarrersohn, zu lügen; es ist noch schlechter, es armen Bauernkindern zu lehren.« Und damit kam der Knabe diesmal davon.

Aber als am folgenden Tage der Schulmeister zum Pfarrer gerufen war und die Kinder in Schule sich selbst überlassen blieben, war Marit die erste, welche Thorwald bat, wieder etwas von dem Bären zu erzählen. »Du wirst so furchtsam«, versetzte er. – »Oh, ich werde mich schon zusammennehmen«, entgegnete sie und flüchtete sich näher an ihren Bruder heran. –»Denkt euch nur, er soll jetzt totgeschossen werden«, sagte Thorwald und nickte mit dem Kopfe. »Ein Jäger ist in das Kirchspiel gekommen, der ganz der Mann dazu ist, ihn zu erlegen! Kaum hatte Jäger Lars von dem Winterlager der Bären oben im Pfarrwald reden hören, als er über sieben Kirchspiele hinweg mit einer Büchse angesetzt kam, die so schwer wie der oberste Mühlenstein ist und so lang wie von hier bis zu Hans Volden dort.« –»O je!« schrien alle Kinder. –»So lang?« wiederholte Thorwald.»Ei, sie ist sicher so lang wie von hier bis an den Stuhl.« – »Hast du sie gesehen?« fragte Ole Böen. –»Ob ich sie gesehen? Ich bin dabeigewesen, als sie gereinigt und geputzt wurde, denn du mußt wissen, daß er dazu nicht jeden Beliebigen gebrauchen kann. Ich, das versteht sich, ich konnte sie nicht heben – ich putzte nur das Schloß, und du kannst mir glauben, daß dies nicht die leichteste Arbeit war.« –»Die Leute sagen, daß die Büchse in der letzten Zeit nicht mehr so gut treffen soll«, bemerkte Hans Volden, indem er sich rücklings mit beiden Beinen gegen das Pult stemmte. –»Nein, seit Lars einmal dort oben in Osmarken auf den schlafenden Bären schoß, versagt sie zweimal und schießt das drittemal vorbei.« – »Ja, wenn er auf einen schlafenden Bären schoß«, sagten die Mädchen – »der Narr!« fügten die Knaben hinzu.

»Es gibt nur ein Mittel, dem abzuhelfen«, sagte Ole Böen, »man muß nämlich eine Schlange lebendig in den Lauf hineintreiben.« – »Ei, das wissen wir alle«, meinten die Mädchen; sie wollten etwas Neues hören. –»Jetzt ist es Winter, Schlangen lassen sich nicht auffinden, und deshalb verläßt sich Lars auch nicht ganz auf seine Büchse«, bemerkte Hans Volden nachdenklich. –»Er will ja wohl Niels Böen mitnehmen?« fragte Thorwald. –»Ja«, erwiderte der Knabe aus dem Hofe Böen, der hierüber doch am besten Bescheid wissen mußte;»aber Niels erhält weder von seiner Mutter noch von seiner Schwester Erlaubnis. Der Vater starb bestimmt infolge des Handgemenges, welches er im vorigen Jahre oben auf der Alm mit dem Bären hatte, und nun haben sie keinen andern.« –»Ist denn das so gefährlich?« fragte ein kleines Mädchen. –»Gefährlich?« versetzte Thorwald.»Der Bär hat den Verstand von zehn Männern und die Kraft von zwölf Männern.« –»Ja, das wissen wir«, sagten die Mädchen wieder; sie wollten endlich etwas Neues hören. –»Aber Niels ist wie sein Vater, er wird doch mitgehen.« –»Ja, gewiß geht er mit«, sagte Ole Böen; »heute früh, ehe dort auf dem Hofe noch jemand auf war, sah ich Niels Böen, Jäger Lars und noch einen Dritten, jeder mit seiner Büchse bewaffnet, aufwärts wandern; ich sollte mich wundern, wenn sie nicht nach dem Pfarrwalde gezogen wären.«

»War es früh?« fragten die Kinder im Chore. – »Ganz früh! Ich war vor meiner Mutter auf und machte Feuer an.« – »Hatte Lars die lange Büchse?« fragte Hans. – »Ja, das weiß ich nicht, aber sie war so lang wie von hier bis zum Stuhl.« – »Nein, wie du lügst!« sagte Thorwald. – »Du sagtest es ja selbst!« meinte der Knabe. – »Nein, die lange Büchse, die ich sah, gebraucht er schwerlich noch.« – »Jedenfalls war sie so lang, so lang wie – wie von hier bis beinahe an den Stuhl.« – »Ei nun, vielleicht hatte er sie dann doch mitgenommen.«

»Denket euch«, sagte Marit, »jetzt sind sie oben bei den Bären.« – »Gerade jetzt sind sie vielleicht im Kampfe!« bemerkte Thorwald. Es trat eine tiefe Stille ein; sie war fast feierlich.

»Ich denke, ich gehe«, sagte Thorwald und nahm seine Mütze. – »Ja, ja, dann erfährst du etwas!« schrien alle, und es kam wieder Leben in sie. – »Aber der Schulmeister?« versetzte er und blieb stehen. – »Ei was, du bist der Sohn des Pfarrers«, erwiderte Ole Böen. – »Ja, er sollte nur wagen, Hand an mich zu legen...!« sagte Thorwald mit gesenkter Stimme und nickte mit dem Kopfe. – »Schlägst du ihn wieder?« fragten sie erwartungsvoll. – »Wer weiß«, entgegnete er, nickte und ging.

Sie hielten es für das beste, während er fort war, zu lernen; aber niemand war dazu imstande – sie mußten immer wieder von dem Bären sprechen. Sie rieten hin und her, wie es hergegangen sein mochte; Hans wettete mit Ole, daß Lars' Büchse versagt hätte und der Bär ihm gerade auf den Leib gegangen wäre. Der kleine Knud Pladsen meinte, es wäre ihnen allen übel ergangen, und die Mädchen schlugen sich auf seine Seite. Aber da kam Thorwald.

»Laßt uns gehen!« sagte er, indem er die Tür aufriß und kaum reden konnte. – »Aber der Schulmeister?« fragten einige. – »Hole ihn der Teufel! Der Bär, der Bär!«, und er konnte kein Wort mehr hervorbringen. »Ist er erschossen?« fragte ein Kind ganz leise, und die übrigen wagten nicht zu atmen. Thorwald saß und schnaufte, erhob sich endlich, kletterte auf die Bank hinauf, schwenkte die Mütze und rief: »Laßt uns gehen, ich nehme alles auf mich!« – »Aber wohin sollen wir denn gehen?« fragte Hans. – »Der größte Bär ist hinabgetragen, die anderen liegen noch oben. Niels Böen ist übel zugerichtet, denn Lars' Büchse traf nicht, und die Bären gingen ihnen zu Leibe. Der Bursch, der mit ihnen war, rettete sich nur dadurch, daß er sich vornüber auf die Erde warf und totstellte, und der Bär rührte ihn nicht an; sobald Lars und Niels ihren Bären besiegt hatten, erschossen sie seinen. Hurra!«

– »Hurra!« riefen alle, Mädchen und Buben, und von den Bänken empor, zur Türe hinaus ging es fort durch Felder und Wälder hin nach Böen, als gäbe es keinen Schulmeister in der Welt!

Die Mädchen klagten bald, daß sie nicht folgen könnten, aber die Knaben nahmen sie zwischen sich, und weiter ging es. »Hütet euch, sie anzurühren«, sagte Thorwald; »es geschieht bisweilen, daß der Bär wieder auflebt.« – »Ist das wahr?« fragte Marit.

– »Ja, dann erhebt er sich in einer neuen Gestalt, deshalb seid auf eurer Hut!« – Und sie liefen weiter. – »Lars hat auf den größten zehnmal geschossen, ehe er stürzte«, begann er von neuem, »denket nur, zehnmal!« Und weiter ging es mit schnellen Schritten. – »Und Niels hat ihm achtzehn Messerstiche versetzt, ehe er fiel.« – »Ach, was für ein Bär!« – Und die Jungen liefen, daß der Schweiß an ihnen hinabströmte. Und nun waren sie am Ziel! Ole Böen riß die Tür auf und war zuerst im Hause. »Sei auf deiner Hut!« rief ihm Hans nach. Marit und ein kleines Mädchen, welche Thorwald und Hans zwischen sich gehabt hatten, waren die nächsten, hinter ihnen Thorwald, der nicht weiterschritt, sondern stehenblieb, um alles beobachten zu können. »Sieh nur das Blut!« sagte er zu Hans. Die andern wußten nicht, ob sie wagen durften, sogleich hineinzugehen. »Siehst du ihn?« fragte ein Mädchen den Knaben, der neben ihr draußen in der Tür stand. »Ja, er ist so groß wie das große Pferd auf dem Gehöft des Hauptmanns«, erwiderte er und erzählte weiter. Er wäre, wie er sagte, mit eisernen Ketten gebunden und hätte doch die um die Vorderbeine geschlungene zerrissen; er sähe deutlich, daß Leben in ihm wäre, und das Blut liefe stromweise an ihm herunter.

Eine Lüge war das freilich, aber das vergaßen sie, als sie den Bären, die Büchse und Niels zu sehen bekamen, der mit den verbundenen Wunden, die ihm Petz geschlagen hatte, dasaß, und als sie von dem alten Jäger Lars erfuhren, wie es zugegangen war. Sie hörten und sahen mit einer solchen gespannten Neugier zu, daß sie gar nicht bemerkten, wie jemand hinter ihnen her kam, der auch seine Stimme zu erheben begann, und zwar folgendermaßen:»Ich will euch lehren, ohne Erlaubnis die Schule zu verlassen!« – Die ganze Kinderschar stieß einen Schrei des Entsetzens aus, und nun ging es zur Tür und zum Hausflur und aus dem Hofe hinaus. Bald sah es aus, als ob ein Schwarm schwarzer Knäuel über den schneeweißen Boden hinrollte, eines immer hinter dem andern, und als der Schulmeister endlich auf seinen alten Beinen nach dem Schulhaus kam, hörte er sie schon von weitem auswendig lernen, so daß es von allen Ecken her widerhallte. Ja, es war ein Festtag, dieser Tag, als der Bärenjäger nach Hause kam. Er brach im Sonnenschein an und ging in Regenwetter unter, aber solche Tage pflegen ja die fruchtbarsten zu sein.

Eine gefährliche Freite

(1856)

Seitdem Aslaug eine erwachsene Dirne war, gab es in Husaby nicht mehr viel Frieden. Die hübschesten Burschen des Kirchspiels rauften und schlugen sich jetzt dort Nacht für Nacht. Am ärgsten ging es in der Samstagnacht her; aber dann legte sich der alte Knud Husaby, ihr Vater, auch nie schlafen, ohne seine Lederhosen anzubehalten und einen Birkenknüttel an sein Bett zu stellen; »Habe ich ein schmuckes Mädel bekommen, so werde ich es auch zu hüten wissen«, sagte der Husaby.

Thore Nässet war nur ein Kätnerbursch, aber gleichwohl gab es Leute, welche behaupteten, daß er am häufigsten zu der Bauerntochter auf Husaby käme. Dem alten Knud gefiel das nicht, auch versicherte er, es wäre nicht wahr, da er ihn dort nie gesehen hätte. Allein die Leute lächelten untereinander und meinten, hätte er, um sich mit allen herumzuzanken, die in Haus und Hof lärmten und ihr Wesen trieben, nur in allen Winkeln und Ecken genau nachgesucht, so würde er Thore schon gefunden haben.

Der Frühling kam, und Aslaug zog mit dem Vieh nach der Alm. Wenn sich nun der Tag heiß über das Tal legte, die Felsenwand kühl über den Sonnenrauch emporragte, die Schellen der Kühe erschallten, der Hirtenhund bellte, Aslaug oben auf den Berghalden jodelte und auf dem Hirtenhorne blies – dann wurde es den Burschen, die unten im Tale in der Nähe auf den Wiesen arbeiteten, wehe ums Herz. Und am ersten Samstagabend eilte einer immer schneller als der andere hinauf. Aber noch schneller ging es wieder hinunter, denn oben bei der Sennhütte stand ein Bursch hinter der Tür, und dieser empfing jeden, welcher kam, und wirbelte ihn dermaßen im Kreise herum, daß er für immer der Worte gedachte, die ihm dabei zugerufen wurden:

»Komme ein andermal wieder, dann sollst du mehr erhalten!«

Nach der Burschen Gedanken gab es in dem ganzen Kirchspiel nur einen einzigen, der eine solche Faust besaß, und dieser war Thore Nässet. Und all den reichen Bauernburschen kam es doch zu arg vor, daß der Kätnerbock dort hoch oben auf der Husaby-Alm so um sich stoßen dürfte.

Derselben Meinung war auch der alte Knud, als er davon hörte, und er äußerte zugleich, wenn kein anderer da wäre, der ihn festbinden könnte, so wollten er und sein Sohn es versuchen. Knud fing zwar bereits zu altern an, aber wenn er auch fast sechzig Jahre zählte, pflegte er doch gern, wenn es ihm einmal zu stille im Hause herging, mit seinem ältesten Sohne einen oder zwei Ringkämpfe zu bestehen.

Zu der Husaby-Alm führte nur ein Pfad hinauf, und dieser ging gerade über das Gehöft. Am folgenden Samstagabend, als Thore zur Alm wollte und sich, als er erst die Scheune erreicht hatte, immer schnellfüßiger über den Hof schlich, packte ihn ein Mann vor der Brust. »Was willst du von mir?« sagte Thore und schlug ihn zu Boden, daß alles in ihm zu singen begann. »Das sollst du gleich erfahren«, sagte ein anderer hinter ihm mit einem Nackenschlag, und das war der Bruder. »Hier kommt der Dritte«, sagte der alte Knud und stürzte sich auf ihn.

In der Gefahr nahm Thores Kraft zu; er war geschmeidig wie eine Weidengerte und schlug zu, daß seine Gegner es fühlten; er schlüpfte ihnen unter den Armen hinweg und duckte sich; wo der Schlag hinfiel, war er nicht; wo sie es nicht erwarteten, traf sie seine Faust. Prügel bekam er freilich zuletzt doch, und zwar gründliche, aber der alte Knud sagte später doch oft, daß er sich mit einem tüchtigeren Kerl noch nie gerauft hätte. Die Schlägerei dauerte fort, bis Blut floß, aber dann sagte der Husaby »Halt!« und fügte hinzu: »Kannst du den nächsten Samstagabend dem Wolf Husaby und seinen Jungen entkommen, dann soll die Dirne dein sein!«

Thore schleppte sich heim, so gut er konnte, und als er nach Hause gekommen war, legte er sich nieder. Über die Rauferei in Husaby wurde viel geschwatzt, aber ein jeder sagte:: »Was hatte er auch dort zu suchen?« Eine jedoch sprach nicht so, und das war Aslaug. Sie hatte ihn an jenem Samstagabend erwartet, und als sie jetzt nun zu hören bekam, welche Bewandtnis es mit ihm und dem Vater hatte, setzte sie sich hin und weinte und sagte auch bei sich selbst: »Bekomme ich Thore nicht, so habe ich hienieden keinen frohen Tag mehr.«

Thore blieb den Sonntag über im Bett liegen und fühlte den Montag, daß er noch liegenbleiben müßte.

Der Dienstag kam, und es war ein so schöner Tag. Während der Nacht hatte es geregnet, die Berge lagen so frisch und grün da, das Fenster stand offen, der Duft des Laubes strömte hinein, die Glocken der Herde tönten über die Berghalden hinfort, und droben jodelte jemand; hätte seine Mutter nicht im Zimmer gesessen, so würde er vor Ungeduld geweint haben.

Der Mittwoch kam, und er lag noch immer; den Donnerstag begann er sich darüber zu wundern, ob er nicht bis zum Samstag wieder gesund sein könnte, und am Freitag war er wieder auf. Er erinnerte sich recht gut der Worte, welche der Vater gesagt hatte: »Kannst du den nächsten Samstagabend dem Wolf Husaby und seinen Jungen entkommen, dann soll die Dirne dein sein.« Er blickte wieder und immer wieder nach Husaby hinüber – »dort ernte ich nichts weiter als Prügel«, dachte Thore.

Nach der Husaby-Alm führte, wie gesagt, nur ein Weg hinauf; allein ein tüchtiger Kerl mußte doch wohl imstande sein hinaufzukommen, wenn er auch nicht eben den geraden Weg ging. Ruderte er dort um die Landspitze herum und landete an der jenseitigen Bergseite, so mußte es doch Mittel geben, sie zu erklimmen, wenn sie auch allerdings so steil war, daß auch eine Ziege dort nur mit Mühe Fuß fassen konnte, und sie pflegt sich doch vor einer Felsenwand nicht zu fürchten.

Der Samstag kam, und Thore ging den ganzen Tag aus; die Sonne strahlte, daß es sich überall in den Gebüschen regte, und dann und wann hallte das Jodeln lockend von den Bergen hernieder. Er saß noch draußen vor der Tür, als der Tag sich neigte und ein rauchender Nebel längs den Felsenwänden emporstieg. Er blickte hinauf, und dort war es so still, er blickte nach dem Hofe Husaby hinüber, und dann stieß er das Boot vom Lande ab und ruderte um die Landspitze herum.

Nach vollbrachter Tagesarbeit saß Aslaug oben auf der Alm. Sie dachte daran, daß Thore diesen Abend nicht kommen könnte, daß aber an seiner Statt desto mehr andere kommen würden; deshalb machte sie den Hirtenhund los und sagte niemandem, wohin sie ging. Sie setzte sich so, daß sie die Aussicht über das Tal hatte; aber der Nebel stieg empor, und sie fühlte sich auch nicht imstande, dort hinabzuschauen, denn alles erinnerte sie an ihr Schicksal. Sie wechselte deshalb den Platz und setzte sich, ohne sich etwas dabei zu denken, so, daß sie über die See blicken konnte. Es gab solchen Frieden, dieser Fernblick über die See!

Da stieg in ihr die Lust zu singen auf; sie wählte eine Melodie mit lang aushaltenden Tönen, und weithin schallte ihr Gesang in der stillen Nacht. Sie war selbst davon ergriffen und sang deshalb noch einen Vers. Aber da kam es ihr vor, als ob ihr jemand aus der Tiefe antwortete. ›Was in aller Welt kann das nur sein?‹ dachte Aslaug. Sie trat an den Rand des steilen Abhanges, schlug die Arme um die schlanke Birke, die sich zitternd über den Abgrund abwärts neigte, und blickte hinunter; aber sie gewahrte nichts. Still und ruhig lag der Fjord da, nicht ein Vogel flog über ihn hin. Aslaug setzte sich aufs neue nieder und sang abermals. Da antwortete es wirklich und in demselben Tone, diesmal näher als das erstemal. »Das muß doch etwas sein!« Aslaug fuhr empor und beugte sich über die Tiefe vor. Und nun erblickte sie unten an der Felsenwand ein Boot, welches angelegt hatte und sich bei der gewaltigen Tiefe wie eine kleine Muschel ausnahm. Sie blickte schärfer hin und sah nun eine rote Mütze und unter derselben einen Bursch, der an der fast senkrechten Felsenwand emporkletterte. »Wer mag das nur sein?« fragte Aslaug, ließ die Birke los und sprang weit zurück. Sie wagte nicht, sich selbst die Antwort zu geben, denn sie wußte ja, wer es war. Sie warf sich auf den Rasen nieder und erfaßte das Gras mit beiden Händen, als ob sie es wäre, die das Ergriffene nicht wieder loslassen dürfte; aber die Graswurzeln lockerten sich, sie schrie laut auf und flehte Gott, den Allmächtigen, an, ihm zu helfen. Aber da kam es ihr in den Sinn, daß dieses Unternehmen Thores Gott versuchen hieße und er deshalb keine Hilfe erwarten dürfte. »Nur dieses eine Mal«, betete sie, und sie umschlang den Hund, als ob er Thore wäre, den sie festhalten wollte; sie rollte sich mit ihm über den Rasen hin, und die Zeit schien ihr endlos zu sein.

Aber jetzt riß sich der Hund los. »Wau, wau!« bellte er in die Tiefe hinab und wedelte mit dem Schweife. »Wau, wau!« sagte er zu Aslaug und legte ihr die Vordertatzen auf den Schoß. »Wau, wau!« grüßte er noch einmal in den Abgrund hinaus und nun tauchte eine rote Mütze über den Rand der Felsenwand empor, und Thore lag an ihrer Brust.

Da lag er minutenlang, ohne ein Wort hervorbringen zu können, und was er schließlich hervorstammelte, war auch ohne allen Verstand.

Der alte Knud Husaby sagte dagegen, als er davon hörte, ein Wort, in welchem Verstand war, denn er sagte:

»Der Bursch ist wert, sie zu haben, die Dirne soll die Seine sein.«

Über tredition

Eigenes Buch veröffentlichen

tredition wurde 2006 in Hamburg gegründet und hat seither mehrere tausend Buchtitel veröffentlicht. Autoren veröffentlichen in wenigen leichten Schritten gedruckte Bücher, e-Books und audio-Books. tredition hat das Ziel, die beste und fairste Veröffentlichungsmöglichkeit für Autoren zu bieten.

tredition wurde mit der Erkenntnis gegründet, dass nur etwa jedes 200. bei Verlagen eingereichte Manuskript veröffentlicht wird. Dabei hat jedes Buch seinen Markt, also seine Leser. tredition sorgt dafür, dass für jedes Buch die Leserschaft auch erreicht wird.

Im einzigartigen Literatur-Netzwerk von tredition bieten zahlreiche Literatur-Partner (das sind Lektoren, Übersetzer, Hörbuchsprecher und Illustratoren) ihre Dienstleistung an, um Manuskripte zu verbessern oder die Vielfalt zu erhöhen. Autoren vereinbaren direkt mit den Literatur-Partnern die Konditionen ihrer Zusammenarbeit und partizipieren gemeinsam am Erfolg des Buches.

Das gesamte Verlagsprogramm von tredition ist bei allen stationären Buchhandlungen und Online-Buchhändlern wie z. B. Amazon erhältlich. e-Books stehen bei den führenden Online-Portalen (z. B. iBookstore von Apple oder Kindle von Amazon) zum Verkauf.

Einfach leicht ein Buch veröffentlichen: **www.tredition.de**

Eigene Buchreihe oder eigenen Verlag gründen

Seit 2009 bietet tredition sein Verlagskonzept auch als sogenanntes "White-Label" an. Das bedeutet, dass andere Unternehmen, Institutionen und Personen risikofrei und unkompliziert selbst zum Herausgeber von Büchern und Buchreihen unter eigener Marke werden können. tredition übernimmt dabei das komplette Herstellungs- und Distributionsrisiko.

Zahlreiche Zeitschriften-, Zeitungs- und Buchverlage, Universitäten, Forschungseinrichtungen u.v.m. nutzen diese Dienstleistung von tredition, um unter eigener Marke ohne Risiko Bücher zu verlegen.

Alle Informationen im Internet: **www.tredition.de/fuer-verlage**

tredition wurde mit mehreren Innovationspreisen ausgezeichnet, u. a. mit dem Webfuture Award und dem Innovationspreis der Buch Digitale.

tredition ist Mitglied im Börsenverein des Deutschen Buchhandels.

Dieses Werk elektronisch lesen

Dieses Werk ist Teil der Gutenberg-DE Edition DVD. Diese enthält das komplette Archiv des Projekt Gutenberg-DE. Die DVD ist im Internet erhältlich auf **http://gutenbergshop.abc.de**

Zeitfracht Medien GmbH
Ferdinand-Jühlke-Straße 7
99095 Erfurt, Deutschland
produktsicherheit@kolibri360.de